Delly

Le drame de l'Étang-aux-Biches

Roman

 Le code de la propriété intellectuelle du 1er juillet 1992 interdit en effet expressément la photocopie à usage collectif sans autorisation des ayants droit. Or, cette pratique s'est généralisée dans les établissements d'enseignement supérieur, provoquant une baisse brutale des achats de livres et de revues, au point que la possibilité même pour les auteurs de créer des œuvres nouvelles et de les faire éditer correctement est aujourd'hui menacée. En application de la loi du 11 mars 1957, il est interdit de reproduire intégralement ou partiellement le présent ouvrage, sur quelque support que ce soit, sans autorisation de l'Éditeur ou du Centre Français d'Exploitation du Droit de Copie, 20, rue Grands Augustins, 75006 Paris.

ISBN : 978-3-96787-406-8

10 9 8 7 6 5 4 3 2 1

Delly

Le drame de l'Étang-aux-Biches

Roman

Table de Matières

Première partie	7
Deuxième partie	56
Troisième partie	76
Quatrième partie	113

Première partie

I

Élisabeth se pencha un peu plus pour mieux voir le cavalier qui passait sur la route, le long de la roche abrupte, dure assise du château de Montparoux.

Sans souci du danger, ni du vertige, elle était assise sur l'appui à demi ruiné d'une baie en arc d'ogive ouverte directement sur l'à-pic de la falaise. Les jambes fines et brunes pendant au-dehors, les pieds minces chaussés de sandales battaient la roche couleur de rouille. Qui l'eût vue dans cette périlleuse attitude aurait frissonné d'effroi. Mais le cavalier ne regardait pas au-dessus de lui. Bientôt il disparut au tournant de la route. Alors, Élisabeth se redressa, fit un rétablissement et se trouva debout dans la baie qui encadrait sa maigre silhouette d'adolescente, sa tête aux boucles brunes un peu en désordre.

L'après-midi tendait vers sa fin. Les sapins qui couvraient les hauteurs, face à Montparoux, s'éclairaient aux dernières lueurs du couchant. Des clochettes de troupeaux tintaient, musique légère, dans l'air silencieux qui prenait déjà son parfum du soir, parfum de forêt et d'eau fraîche. Car la rivière, folle, bondissante, bordait la route qui menait de Montparoux à Lons-le-Saunier, en passant par le village de Sauvin-le-Béni. Celui-ci, au pied des sapinières, étendait ses maisons anciennes et ses jardins fleuris de passeroses, de soleils, de petits œillets. Des prés le joignaient et quelques champs que commençaient de quitter les travailleurs pour regagner le logis.

Un reflet de cette lumière prête à mourir arrivait encore aux vieux murs du château, crevassés, roussis par les intempéries séculaires. Il éclairait le mince visage d'un ovale un peu long, d'une mate et fine blancheur, les yeux mordorés, couleur de châtaigne, de feuille d'automne touchée par le soleil, changeants comme la nature elle-même aux différentes heures du jour. Élisabeth demeurait là, debout, les mains croisées sur la vieille ceinture de cuir qui serrait à la taille sa robe de toile bleu passé à petites raies blanches. Son regard errait sur les pins illuminés, sur le village paisible au bord de la rivière. Mais elle pensait à autre chose, car un pli se formait sur la belle ligne du front dégagé de la chevelure indisciplinée, une contraction rapprochait les sourcils nettement dessinés, qui étaient doux et soyeux, d'un brun plus clair que les cheveux.

Puis, en un mouvement souple, Élisabeth se détourna, sauta légèrement de l'appui sur le sol. Elle se trouvait dans un espace qui, autrefois, avait dû être une salle, éclairée par la baie en ogive. Mais depuis longtemps cet endroit était abandonné à la ruine, comme une partie du vieux château. Cependant les murs épais résistaient, semblaient solides encore. Mais il n'y avait plus de vantaux à la baie, plus de porte à l'ouverture opposée qui donnait sur une cour envahie d'herbe, bordée à gauche par un corps de logis abandonné, à droite par un autre bâtiment de la même époque et par la vieille tour carrée qu'on appelait la tour du Comte Noir. Une grille formait le quatrième côté de cette cour au centre de laquelle une triste sirène de pierre, couverte de mousse, semblait considérer d'un air désabusé le petit bassin ovale, depuis bien longtemps à sec.

Les battants de la grille ne fermaient plus, étant à demi détachés de leurs gonds. Au-delà apparaissait le parterre à la française, bien entretenu, qui s'étendait devant le corps de logis bâti au XVIIe siècle, formant équerre sur les bâtiments du vieux château, comme on appelait ces vénérables témoins du passé des comtes de Rüden. Cinq grandes portes vitrées ouvraient là sur une large marche de pierre longeant toute la façade. Ce fut vers l'une d'elles que se dirigea Élisabeth. Elle avait un pas souple, glissant, d'une grâce singulière dans ce corps un peu dégingandé de grande fillette. Un sourire moqueur détendait ses lèvres finement ourlées. Elle entra dans la pièce, qui était un grand salon à boiseries grises sculptées. Son regard en fit le tour, s'arrêta sur une chaise longue aux coussins froissés, puis, plus longuement, sur une table bouillotte où se voyaient des livres, des revues, une broderie sur satin commencée, une petite coupe de jade qui contenait des cendres de cigarettes.

Dès le seuil, la physionomie d'Élisabeth avait changé, s'était comme durcie. Sur la vivante, expressive beauté de ses yeux, un voile tout à coup semblait avoir été tiré. Ce fut une fillette un peu figée, au regard glacé, qui accueillit par un bref : « Bonsoir, Willibad », le jeune homme en tenue de cheval apparu dans le salon.

Il lui jeta un coup d'œil surpris.

– Vous ici, Élisabeth ?

– Oui. Pourquoi pas ?

Un défi sonnait dans la voix d'Élisabeth.

– Cette tenue n'est pas très indiquée pour paraître au salon.

Il y avait de l'ironie dans l'accent de Willibad, et une froide désapprobation dans le regard dont il enveloppait la fillette.

Élisabeth ne parut pas s'en émouvoir. Elle toisa le jeune homme qui lui faisait face, un grand et mince garçon portant avec aisance un costume quelque peu élimé, comme étaient usés les gants tannés qu'il tenait à la main.

– Je me trouve très bien ainsi. Du reste, je n'ai pas de quoi m'acheter de belles toilettes, vous le savez.

– Je sais que votre belle-mère aurait voulu vous vêtir convenablement, selon votre rang, et que vous lui avez opposé le plus méchant entêtement.

Il y eut un éclair dans les yeux d'Élisabeth, puis aussitôt le voile retomba sur eux et Willibad n'eut encore devant lui que cette petite figure fermée.

– Il ne me plairait pas d'être habillée avec l'argent de ma belle-mère.

Willibad leva les épaules. Une impatience mêlée d'irritation se discernait dans sa voix tandis qu'il ripostait :

– Mme de Rüden n'a décidément pas tort en vous qualifiant d'orgueilleuse.

– Oh ! elle n'a jamais tort, je le sais bien, dit Élisabeth avec une sorte d'âpre mépris.

– Elle n'a pas tort non plus quand elle assure que vous la détestez.

– Qu'est-ce que cela peut lui faire, puisqu'elle ne m'aime pas ?

– Croyez-vous pouvoir attirer l'affection de quiconque avec une nature comme la vôtre ?

Ainsi, en face l'un de l'autre, ils semblaient deux duellistes échangeant, au lieu de balles, des propos sans aménité. Tous deux avaient cet ovale un peu étroit qui se transmettait fréquemment dans la famille de Rüden. Là s'arrêtait la ressemblance. Les yeux foncés de Willibad, dont on ne savait jamais s'ils étaient noirs ou bleus, avaient en général une expression songeuse, comme lointaine. Mais ils pouvaient devenir singulièrement froids et chargés d'ironie, comme ils l'étaient en ce moment, et accentuaient alors la netteté un peu dure des traits de ce jeune visage.

À la dernière question de son cousin, Élisabeth riposta :

– Si vous pensez connaître ma nature, vous vous trompez bien.

Une certaine note de défi, dans son accent, frappa sans doute Willibad, car il eut dans le regard une lueur de curiosité. Mais à ce moment, au seuil de la porte qu'il avait laissé ouverte derrière lui, parut une jeune fille blonde vêtue de blanc. Elle tenait à la main un élégant petit chapeau qu'elle venait probablement d'enlever.

– Ah ! Willibad, cher ami ! Nous rentrons à l'instant.

Elle avait une voix légère, caressante, musicale. Des yeux bleus comme un beau ciel d'été souriaient dans un visage dont les traits fins et le délicat épiderme rosé donnaient l'impression d'une fragile porcelaine. La bouche, un peu longue, aux lèvres fines, s'entrouvrait en un sourire ingénu.

Willibad alla vers elle, prit la main qu'elle lui tendait et y appuya ses lèvres.

– Je viens seulement d'arriver, Agathe.

Simon m'avait dit que vous ne tarderiez certainement pas. Pour un peu, nous nous serions rencontrés sur la route.

– Nous revenons de Branchaux. Notre cousine est malade et nous l'avons distraite un moment... Mais je vois, mon ami, que quelqu'un vous aurait tenu compagnie si notre absence s'était prolongée.

Il y avait un soupçon de moquerie dans le regard de la jolie personne, dirigé vers Élisabeth. Mais celle-ci conservait son air figé, son impassibilité de statue. Une voix, derrière Agathe, dit avec une intonation de douce raillerie :

– Aimable compagnie, certainement... Ne peux-tu faire une autre tête, Élisabeth ? Et quand cesseras-tu, ma pauvre enfant, de choisir ta plus vieille robe pour venir au salon ?

Agathe, détournant un peu la tête, dit à mi-voix :

– Oh ! maman, ne l'humilie pas ainsi !

La comtesse Judith de Rüden sourit, tout en tendant à Willibad sa main à baiser. Elle avait, comme sa fille, une bouche un peu trop longue, mais on oubliait ce défaut devant la séduction de ce sourire, qui semblait à peine esquissé par les lèvres et se prolongeait dans les yeux d'un bleu-vert un peu étrange, sur lesquels tombaient de longs cils noirs très soyeux. Les traits n'avaient rien de classique, mais ces yeux, un teint satiné, d'une blancheur laiteuse, des cheveux noirs aux reflets d'aile de corbeau suffisaient à composer une beauté peu banale, en tout cas fort remarquée.

– C'est elle-même qui se rabaisse, mon enfant, par cette tenue indigne d'une Rüden.

Cette fois, les lèvres d'Élisabeth s'entrouvrirent, tout juste pour laisser tomber ces mots, avec un accent de glacial dédain singulier sur cette bouche d'enfant :

– Vous devez bien penser que je sais mieux que vous ce qui est indigne d'une Rüden.

Là-dessus elle tourna les talons et quitta la pièce. Longeant la marche qui s'étendait devant la façade, elle atteignit l'extrémité de ce corps de logis qu'on appelait le château neuf, à l'endroit où il se soudait à la vieille tour carrée. À la base de celle-ci, Élisabeth ouvrit une porte cloutée de fer et entra dans une pièce qui servait d'armurerie. Des armes anciennes voisinaient avec des fusils de chasse modernes. On y voyait aussi trois armures, dont l'une, sombre comme la nuit, avait été celle du comte Hugo de Rüden, surnommé le Comte Noir. Dans l'épaisseur du mur, un escalier menait aux étages. Le premier avait été divisé en trois pièces, dont l'une était la chambre d'Élisabeth, une autre – où entra la fillette après un coup bref frappé à la porte – celle d'Adélaïde Prades, l'ancienne institutrice de Daphné, première femme du comte Rodolphe de Rüden et mère d'Élisabeth.

Adélaïde, assise dans une des deux embrasures profondes où se trouvaient les fenêtres, cousait aux dernières lueurs du jour qui éclairait ses cheveux gris crêpelés, son profil aigu, son teint raviné par les rides. Elle leva la tête et deux yeux clairs, tristes et bons, enveloppèrent Élisabeth d'un long regard inquiet.

– D'où venez-vous encore, ma petite fille ?

– Du salon.

– Du salon ? Et qu'y faisiez-vous, Seigneur ? Si Mme de Rüden vous avait vue...

– Elle m'a vue. C'est d'ailleurs pour cela que j'y allais.

Adélaïde soupira et son regard laissa voir un reproche attristé.

– Vous tenez à la braver, ma pauvre enfant, mais qu'y gagnerez-vous ? Peut-être seulement d'être envoyée loin d'ici pour terminer votre éducation, comme il en a déjà été question, paraît-il.

– Envoyée loin d'ici ?

La voix d'Élisabeth vibrait de colère.

– ... Elle ne peut pas me renvoyer de Montparoux ! Je suis chez moi !

– Chez votre père, Élisabeth.

– C'est la même chose.

– Non, ce n'est pas la même chose, hélas !

Élisabeth dit âprement :

– Oui, à cause d'elle. Mais Montparoux sera à moi, plus tard.

– Sans doute, mais, en attendant, c'est M. de Rüden qui est le maître et s'il décide que vous partiez...

– S'il décide ?

Élisabeth eut un rire bref, chargé d'amertume.

– Vous voulez dire si sa femme décide ? Mais moi, je ne lui obéirai pas, à cette Judith. Non, non ! Je connais ici des cachettes où personne ne me trouvera. Vous viendrez me porter à manger, Adélie, et vous me délivrerez quand ils seront partis après m'avoir vainement cherchée.

Elle s'avançait vers la vieille demoiselle, se laissait tomber sur un petit tabouret et appuyait contre les genoux d'Adélaïde sa tête aux boucles éparses.

– Folle enfant ! Pauvre chère révoltée !

Les doigts un peu raidis par les rhumatismes caressaient lentement les cheveux aux doux reflets de satin.

– Il faudrait toujours arriver à vous soumettre, Élisabeth. Puis, à y bien réfléchir, il serait bon pour vous de changer d'horizon. Vous n'avez jamais quitté Montparoux, vous êtes un peu une petite sauvage. En outre, je ne suis pas au courant des nouvelles méthodes d'enseignement...

– Qu'importe ! Ce serait encore « son » argent qui payerait cela, et je ne veux pas... je ne veux pas !

Élisabeth jetait ces mots avec une sourde véhémence.

– ... Elle a réussi à prendre ce stupide Willibad, à l'acheter pour qu'il épouse Agathe...

– Élisabeth !... Mais, mon enfant !...

Adélaïde regardait avec stupéfaction la petite tête toujours appuyée contre son genou.

– Que dites-vous là ? Pourquoi imaginer que votre cousin n'a en vue que la fortune de Mme de Combrond ? Elle est assez jolie pour lui plaire.

Élisabeth ne répondit pas. Une de ses mains se crispait sur le vieux tapis qui couvrait en partie le dallage de pierre. Quand elle leva son visage vers Adélaïde, celle-ci vit ses yeux assombris, un peu durcis.

– Adélie, c'est un grand malheur, que papa ait épousé Judith.

Quand elle se trouvait seule avec l'institutrice, Élisabeth appelait souvent sa belle-mère par son prénom, avec une intention de mépris.

– Oui, murmura Adélaïde dans un soupir.

– Vous m'avez dit un jour que maman ne l'aimait pas. Pourquoi continuait-elle à la recevoir ?

– Elle pouvait difficilement éviter de le faire, puisque Mme de Combrond est la cousine de Mme Piennes, et qu'elle passait alors une partie de l'été à Branchaux.

Élisabeth songea un moment, les paupières à demi baissées. Un dernier reflet du jour éclairait son visage un peu tendu, ses cheveux sur lesquels s'appuyait la main d'Adélaïde.

– Papa l'a épousée bien tôt après... après la mort de maman ?

– Oui, quelques mois après.

– Alors, il a oublié maman tout de suite ?... Pourtant, vous m'avez dit qu'il l'aimait beaucoup...

La physionomie de la vieille demoiselle se troubla un peu sous le regard perplexe que levait sur elle Élisabeth. Elle dit avec hésitation :

– Certainement, il l'aimait... Il était presque fou quand on l'a rapportée de l'étang. Mais les hommes, il ne faut pas trop leur demander !... À certains surtout. Ils oublient, se laissent consoler...

– C'est affreux ! dit âprement Élisabeth.

Elle se redressa, secoua ses boucles qui s'éparpillèrent autour de son visage.

– ... Si cette Judith ne s'était pas trouvée là, peut-être ne se serait-il pas remarié, en tout cas, pas si vite. Mais elle était là...

– Oui, elle se trouvait alors à Branchaux. Elle est accourue, s'est montrée fort serviable...

– Oh ! elle est toujours serviable ! dit Élisabeth avec un ironique dédain. Mais je me demande comment grand-mère ne l'a pas mise à la porte ?

– Mme la comtesse était en Suisse. Elle est rentrée quelques jours après, et Mme de Combrond s'est alors effacée discrètement.

Élisabeth se leva, se tint un moment immobile, le visage tourné vers la lumière mourante, vers les hauteurs boisées redevenues sombres. Sa voix, un peu assourdie et frémissante, demanda :

– Qui a trouvé maman dans l'étang ?

– Le jardinier. Elle n'était pas très loin du bord, près des nénuphars. On a pensé qu'elle avait voulu en cueillir... Mais, mon enfant, il est inutile de remuer ces pénibles souvenirs ! Je regrette déjà tant qu'Agathe vous ait parlé de cet accident !

– Elle l'a fait par méchanceté ; mais j'aime mieux savoir... Je vais maintenant travailler, Adélie. M. le curé m'a donné une difficile version latine.

– Allez, chère petite... Ah ! j'oubliais ! Damien est venu tout à l'heure. Mme la comtesse vous fait dire d'aller la voir demain. Il paraît qu'elle a eu une très mauvaise nuit, mais elle a défendu que l'on demande le médecin.

– Croyez-vous qu'elle va mourir, Adélie ?

– Je ne sais. Elle a soixante-quinze ans, mais il y a peut-être encore de la résistance en elle.

– Je ne peux pas dire que j'aurais beaucoup de chagrin, puisque je la connais si peu et qu'elle n'a jamais paru m'aimer. Cependant j'en aurais tout de même de la peine, parce qu'elle est ma grand-mère et qu'elle déteste Judith.

Sur cette déclaration fait avec une calme franchise, Élisabeth quitta la chambre tandis qu'Adélaïde, élevant un peu ses mains vers le ciel, songeait tristement : « Quel sort l'attend, ma pauvre petite, que personne n'aime en dehors de sa vieille Adélaïde ? »

II

Les Rüden étaient d'origine autrichienne.

Peu après le mariage de Marie de Bourgogne, fille de Charles le Téméraire, avec Maximilien d'Autriche, un écuyer de ce prince, Maximilien de Rüden, avait épousé la fille unique de Thierry Farel, seigneur de Montparoux. Un de ses fils cadets, Henri, reçut en héritage ce domaine et fit souche d'une branche qui devait se perpétuer dans le comté. Ses autres fils fondèrent des familles en Autriche. De ceux-là, il ne subsistait plus aujourd'hui que le comte Willibad Rüden-Gortz. Son père avait été tué au front d'Orient en 1918 ; sa mère, à demi ruinée, était revenue en France, son pays, et, avec les débris de sa fortune, avait entrepris d'exploiter les terres du domaine appauvri que lui léguait son père. Le baron de Groussel, son second mari, l'y avait peu aidée. Aimable, égoïste, fort séduisant, il s'entendait surtout à dépenser sa propre fortune, peu considérable, si bien qu'à sa mort, survenue deux ans auparavant, Mme de Groussel n'avait hérité que des dettes à payer. Mais maintenant Willibad, sorti de l'Institut agronomique, avait pris en main la direction du domaine qui constituait à peu près leur seule source de revenus.

Les Rüden de Montparoux passaient par des vicissitudes identiques, depuis quelques années. Stephen, le grand-père d'Élisabeth, après avoir mené grande vie, léguait à son fils Rodolphe une fortune amoindrie. Celui-ci n'était pas fait pour endiguer la ruine menaçante. Il ne pouvait même que la précipiter. En outre, désintéressé comme tous ceux de sa race, il épousait par amour une jeune Anglaise sans fortune, Daphné Meldwin. Cinq ans plus tard, un matin d'été, on la trouvait noyée dans l'Étang-aux-Biches.

Après quelques semaines d'un désespoir si violent qu'il faisait craindre pour sa raison, Rodolphe quittait Montparoux et, peu après, il informait sa mère de ses fiançailles avec la vicomtesse de Combrond.

Née Aurore de Bruans, d'une très ancienne famille dauphinoise, Mme de Rüden avait au plus haut point l'orgueil de sa race. Elle répondit à son fils que s'il persistait à épouser une actrice, – telle avait été, en effet, la profession de Judith avant son premier mariage – elle ne la recevrait jamais.

Rodolphe ayant passé outre, elle tint parole. Quittant le château neuf, qu'elle abandonnait à l'intruse, elle s'installa dans la partie du vieux château encore habitable, avec ses deux domestiques, Damien et Aglaé. Une clause du testament de son mari lui laissait la jouissance d'un appartement à Montparoux, que sa dot avait contribué à entretenir et à rendre plus conforme aux exigences de l'époque. De cet appartement, jamais Judith ne franchit le seuil. Mme de Rüden n'en sortait pas pendant les séjours de sa belle-fille au château. Rodolphe lui faisait une ou deux visites cérémonieuses, lui écrivait dans le même ton à certaines époques de l'année. Il n'y avait jamais eu de rapports affectueux entre eux. La comtesse Aurore, âme froide, concentrée, murée dans son orgueilleux mépris d'autrui, ignorait la tendresse maternelle. Elle avait aimé son mari avec une passion dominatrice, jalouse, exigeante, qui était un joug très lourd pour cet homme aimable, bon et léger. Rodolphe ne l'avait jamais intéressée, non plus que sa fille Calixte, née contrefaite, et qui vivait claustrée au second étage de la vieille tour.

À l'égard d'Élisabeth, l'indifférence de l'aïeule ne semblait pas moindre. Il était rare qu'elle la fît demander, et quand la fillette sortait de chez elle, un soupir de soulagement lui échappait, tellement glaciale était l'atmosphère.

Ce fut donc sans empressement que le lendemain matin Élisabeth, au retour du village où elle avait été prendre sa leçon de latin chez le curé, quitta sa chambre pour gagner l'appartement de sa grand-mère. On y accédait par une porte donnant sur la petite antichambre qui desservait les chambres d'Élisabeth et de son institutrice. Au-delà des lourds vantaux de chêne, on se trouvait dans une grande salle nue, mal éclairée par trois hautes fenêtres étroites en forme de meurtrières. Devant l'une d'elles s'agitaient les feuilles d'un vieux marronnier, et pendant un moment Élisabeth s'attarda à contempler les jeux de lumière qu'elles provoquaient sur les dalles du sol, creusées par l'usure. Enfin, elle se décida à frapper à l'une des deux portes qui donnaient sur cette salle.

Un battant fut ouvert, laissant apparaître le sec visage d'Aglaé. Sans mot dire, elle s'effaça, et Élisabeth entra dans la chambre, s'avança d'un pas léger sur le tapis d'Orient qui montrait sa trame.

Deux fenêtres à meneaux s'ouvraient dans les embrasures, si

profondes qu'en chacune d'elles on avait aménagé une sorte de retrait, surélevé au-dessus du sol de la pièce. Dans l'un d'eux se trouvait Mme de Rüden, assise en une vaste bergère. Près d'elle, une table supportait son tricot, quelques livres, une photographie de son mari.

Sur Élisabeth qui s'avançait, elle attacha le regard scrutateur de ses yeux dont le voisinage du teint blafard semblait accentuer la nuance très sombre. Quand la fillette fut très près d'elle et eut fait la petite révérence accoutumée, elle dit brièvement :

– Prends cet escabeau, assieds-toi là et fais bien attention à ce que je vais te dire.

Élisabeth gravit le degré de pierre, avança le siège désigné pour s'asseoir en face de sa grand-mère. Elle ne l'avait pas vue depuis l'hiver précédent. Aussi fut-elle frappée de son changement physique. Dans la robe de chambre de lainage noir, le corps semblait épaissi, enflé. La teinte blême, la boursouflure du visage, dénotaient les progrès de l'affection cardiaque dont Mme de Rüden souffrait depuis plusieurs années. Mais le regard demeurait ferme et sans douceur, la voix conservait ces intonations sèches qui s'associaient à l'air de hauteur habituel chez cette femme altière.

– Tu m'as dit un jour, Élisabeth, – il y a de cela quelques années – que tu détestais ta belle-mère.

– Oui, et je vous le redis encore, grand-mère.

La réplique, nette, spontanée, amena une lueur de satisfaction dans les yeux de la vieille dame.

– Fort bien. Je vais te confier une chose secrète, mais auparavant tu me promettras de ne jamais la révéler à personne au monde, sauf, plus tard, à ton mari, si tu en as un. Il faut me le promettre sur l'honneur du nom de Rüden, Élisabeth.

– Je vous le promets, grand-mère.

Pendant un moment, Mme de Rüden resta silencieuse. Sur l'étoffe noire de la robe, les mains encore belles ressortaient très blanches. On n'y voyait aucune bague, en dehors d'une épaisse alliance d'or. Puis elle parla de nouveau, sur le même ton sec qui impressionnait désagréablement Élisabeth. Ce qu'elle disait, la fillette le savait déjà, en partie, par Adélaïde. Le grand-père de Mme de Rüden, Élie de Bruans, au cours d'un voyage dans les Indes, avait sauvé la vie au fils du maharadjah de Langore. Celui-ci, en reconnaissance, lui donna en mariage une de ses filles à laquelle il fit don de quelques-uns des magnifiques joyaux dont il était possesseur. Élie ramena en France la belle Hindoue, qui fut baptisée, apprit la langue de son nouveau pays et ne le céda en rien aux autres marquises de Bruans, ses devancières, pour l'élégance, la distinction des manières, le charme de l'esprit.

De ses huit enfants, un seul survécut, qui fut le père d'Aurore. Celle-ci, fille unique, avait hérité des précieuses gemmes en même temps que de la fortune des Bruans, fort diminuée par une mauvaise gestion. Le comte de Rüden se chargea de la réduire encore après avoir dilapidé la sienne, si bien que lorsqu'il mourut sa veuve n'avait plus qu'un revenu amoindri, fort suffisant toutefois pour l'existence qu'elle menait à Montparoux, servie par deux domestiques fidèles.

Mais elle conservait intacts les joyaux de la princesse hindoue. Parfois, son mari avait dit, quand il se trouvait dans une passe difficile : « Nous pourrions en vendre quelques-uns. Vous allez rarement dans le monde, Aurore. À quoi vous servent-ils ? » Elle répondait toujours énergiquement : « Jamais ! Mon aïeule les a portés. Moi vivante, pas un seul ne sortira de la famille. »

Et voici qu'elle disait à Élisabeth :

– Cette femme, cette Judith, attend ma mort pour s'en emparer. Ton père a essayé de savoir où je les enfermais. Il l'ignorera toujours et toi seule connaîtras le secret, toi seule hériteras de ces bijoux, Élisabeth !

La fillette écoutait avec une attention ardente. Aux derniers mots de la comtesse, elle dit vivement :

– Oh ! s'il s'agit d'empêcher Judith de les prendre, comptez sur moi, grand-mère !

– Lève-toi, emporte cet escabeau et va à ce meuble.

Mme de Rüden désignait un meuble à deux corps datant de la fin du XVIe siècle. Les sculptures, d'un étonnant relief, représentaient des chimères et autres animaux fantastiques. Sur la partie supérieure formant bandeau se détachaient les têtes de loups qui figuraient dans le blason des Bruans.

Élisabeth, suivant les indications de sa grand-mère, approcha l'escabeau, monta dessus et, prenant entre deux doigts la tête qui occupait le milieu, la fit tourner. Avec un léger claquement, toute cette partie s'avança, tel un tiroir. Là se trouvaient plusieurs écrins en peau fanée. Élisabeth les prit et vint les déposer sur la table, près de la comtesse.

Mme de Rüden en ouvrit un, le plus grand. Élisabeth eut une exclamation admirative. Sur un fond de velours blanc reposait un collier fait de grosses perles et d'émeraudes. Les yeux d'Élisabeth se portèrent vers un grand cadre décoré, suspendu en face de la fenêtre. Là, un peintre habile avait représenté la princesse hindoue dans le costume de son pays, avec, sur sa poitrine voilée de mousseline, ce collier merveilleux. À ses bras, autour de ses chevilles, des anneaux ornés de pierreries, à ses doigts des bagues complétaient cette parure orientale, et tout cela se retrouvait dans les écrins successivement ouverts par Mme de Rüden.

Élisabeth, demeurée debout près de la table, contemplait pensivement les bijoux. La voix brève de sa grand-mère la fit tressaillir.

– Referme ces écrins, emporte-les dans ta chambre et cherche où tu pourras les cacher afin qu'on ne les découvre pas. Je te les donne, entends-tu ?... À toi seule. Dès que je serai morte, – et je crois que ce sera bientôt – Judith viendra fouiller ici pour tâcher de les trouver. Je ne me fie pas au secret de ce meuble, qu'on finirait peut-être par découvrir. Mais on ne songera pas que j'aie pu les donner à une enfant comme toi. Puis tu connais peut-être un endroit où ils seront plus en sûreté qu'ici. Les enfants, cela fouille partout et dans ce vieux logis il y a sûrement des cachettes sûres.

Élisabeth réfléchit un moment et dit enfin :

– Il en existe une, en tout cas. Je l'ai découverte par hasard il y a trois ans. Comme je m'amusais à toucher les armoiries qui décorent la plaque de la cheminée, dans ma chambre, cette plaque est descendue à moitié, découvrant un espace vide. D'abord, je ne savais comment la faire remonter, puis en touchant successivement tous les reliefs, je suis tombée sur celui qui l'actionnait. Mais il serait impossible de mettre là ces écrins.

– Qu'à cela ne tienne, emporte seulement les bijoux et remets les écrins où ils étaient.

Quand, sur les indications de la comtesse, Élisabeth eut refermé le tiroir secret, Mme de Rüden lui dit :

– Prends ce vieux sac là-bas, mets-y tout cela et arrange-toi pour que personne ne te voie rentrer dans ta chambre. Afin qu'on ne puisse t'accuser plus tard de t'être approprié ces bijoux, voici un mot de moi qui prouvera le don que je te fais... Bien. Maintenant, va-t'en, mon enfant. Sois toujours une vraie Rüden et ne te laisse jamais circonvenir par ta belle-mère.

– Oh ! ne craignez pas cela, grand-mère ! dit Élisabeth avec élan.

Elle se tenait debout devant la vieille dame, serrant entre ses doigts le sac de velours râpé. Il y avait dans son regard comme une sorte d'attente, d'anxieuse prière. L'aïeule, qui se disait près de la mort, allait-elle enfin s'émouvoir devant l'enfant solitaire dont elle s'était désintéressée jusqu'à cet instant où elle lui faisait ce don magnifique ?

Mais aucune émotion ne se discernait sur sa physionomie. Le cœur glacé restait insensible à l'appel muet de cette jeune âme mendiant un peu d'affection.

– Adieu, Élisabeth.

Un geste de la belle main blanche accompagnait ce congé. Élisabeth refit sa révérence et descendit le degré. Elle avait hâte de quitter cette grande pièce trop close, où l'atmosphère était lourde physiquement et plus encore moralement. Quand elle en eut franchi le seuil, il lui parut qu'elle respirait mieux. Mais il restait à mettre en sûreté le dépôt qui venait de lui être confié, sans qu'Adélaïde s'en aperçût. Non qu'elle eût quelque défiance à son égard ! La bonne Adélie ne portait pas dans son cœur Judith de Rüden et se serait bien volontiers associée à tout ce qui pouvait lui faire pièce. Mais la comtesse Aurore avait dit : « Promets-moi de ne révéler ce secret à personne au monde » et Élisabeth tenait à remplir strictement sa promesse.

Par bonheur, Adélaïde cousait à la machine. Élisabeth put gagner sa chambre sans encombre, dégager la cachette, y enfermer le précieux sac.

Après quoi elle se mit à rire silencieusement en songeant à la déconvenue de Judith quand elle chercherait en vain les joyaux. Ah ! non, non, elle ne les porterait pas, les bijoux de la grand-mère hindoue ! Élisabeth aimerait mieux les jeter dans la pièce d'eau plutôt que de voir cela !

Un peu agitée, elle allait et venait à travers la pièce succinctement meublée. Tout à coup, elle s'immobilisa, tendant l'oreille. Le son d'un violon arrivait par la fenêtre ouverte. C'était la tante Calixte qui jouait : Calixte de Rüden, cette presque inconnue, car Élisabeth ne l'avait jamais aperçue qu'à la nuit, quand elle s'en allait faire sa promenade dans le parc. Elle dérobait farouchement à la vue de tous sa difformité. En dehors de Florestine, sa femme de chambre, personne ne pénétrait dans son appartement. D'une parente, qui était sa marraine, elle avait hérité une belle fortune dont certainement elle ne dépensait pas tous les revenus. Mais elle n'en faisait pas profiter sa famille, et Rodolphe, qui s'était risqué à lui demander son aide pour solder une dette, peu de temps avant la mort de sa première femme, n'avait reçu qu'un refus très sec.

Elle était fort lettrée, disait Adélaïde, elle dessinait et avait un remarquable talent de violoniste. De cela, Élisabeth pouvait se rendre compte. Profondément musicienne bien qu'elle n'eût étudié aucun instrument, elle passait des moments inoubliables à écouter ce violon qui savait si bien sangloter, gémir, crier d'ardentes choses semblables à des anathèmes, à des malédictions, ou répandre de brûlantes rêveries dont Élisabeth restait toute troublée.

Oui, la musique de Calixte la pénétrait d'un singulier malaise, et pourtant elle demeurait là, contre cette fenêtre, tendant l'oreille pour ne rien perdre des étranges phrases musicales. Adélaïde disait que Calixte composait, improvisait même une partie de la musique qu'elle jouait. En écoutant celle-ci, Élisabeth ressentait une vive curiosité à l'égard de cette mystérieuse tante, si grande artiste et probablement malheureuse. Elle pensait avec pitié : « Quel dommage de ne pouvoir la consoler un peu ! Il me semble qu'à sa place je serais heureuse qu'on m'offrît quelque affection. » Mais, apparemment, Calixte de Rüden n'en éprouvait pas le besoin, car jamais elle n'avait cherché à connaître la jeune nièce qui vivait au-dessous d'elle depuis neuf ans.

III

Le parterre à la française, qui s'étendait devant le château neuf et longeait à gauche le vieux château, formait terrasse à son extrémité. Entre deux balustrades de pierre verdâtre, huit marches quelque peu dégradées, mais de belle allure, conduisaient à un parterre inférieur au milieu duquel s'allongeait un étroit miroir d'eau, entre deux bandes gazonnées et deux rangées de buis taillés en cônes. À gauche se voyait une orangerie où végétaient encore quelques vieux orangers et lauriers-roses. À la suite du miroir d'eau, une petite colonnade de marbre rose s'arrondissait en hémicycle autour d'une statue de l'Amour armé de ses flèches. Le parterre se terminait par une balustrade d'où la vue s'étendait sur la vallée, les pâturages, les hauteurs boisées qui précédaient la haute montagne.

À droite de ce parterre, que bordaient en partie des boulingrins mal taillés, des degrés coupés d'étroites terrasses menaient au parc. Celui-ci n'était en réalité qu'une partie de la grande forêt qui, autrefois, appartenait tout entière aux seigneurs de Montparoux. On n'y avait en rien contrarié la nature et celle-ci, libre et sauvage, pouvait y être contemplée en sa beauté primitive. Depuis son remariage, Rodolphe de Rüden s'était abstenu des coupes dont il avait un peu abusé auparavant pour équilibrer tant bien que mal son budget, ce qu'il n'avait fait d'ailleurs qu'avec regret, car, ainsi que tous les Rüden, il aimait la forêt, ses arbres magnifiques, le murmure des eaux qui s'écoulaient entre les pierres couvertes de mousse, la sévère solitude où semblait toujours planer le mystère.

Oui, on disait généralement la forêt en parlant de ce parc, comme si le mot faisait revivre le grand domaine d'autrefois où les Rüden avaient mené tant de chasses renommées, qui réunissaient à Montparoux les châtelains de fort loin à la ronde. La forêt, si chère à Élisabeth qui en connaissait les coins les plus secrets. Mais, entre tous, il en était un qu'elle tenait en singulière prédilection. Dans un cadre d'arbres centenaires, toujours épargnés par la cognée des bûcherons, s'étendait une pièce d'eau, aux berges couvertes d'herbe. On l'appelait l'Étang-aux-Biches. Certains de ces arbres étaient si proches que leur feuillage se reflétait dans l'eau lumineuse. Une eau verte, changeante, obscure en son milieu, couleur de jade vers les bords, où se pressaient de légers roseaux murmurant sous la brise. À l'une des extrémités planaient les feuilles sombres et les blanches fleurs de nénuphars. Là, un matin d'été, avait été trouvée noyée Daphné, comtesse de Rüden.

Première partie

Elle aimait à errer dans le parc au clair de lune ; elle avait un attrait particulier pour cette pièce d'eau à l'aspect romantique, et sans doute voulait-elle cueillir des nénuphars, dont elle parait volontiers ses cheveux blonds. Ainsi avait-elle dû choir et périr, ne sachant pas nager.

Jusqu'à l'année précédente, Élisabeth avait ignoré comment était morte sa mère. Adélaïde le lui avait caché, craignant de l'impressionner. Mais elle lui recommandait sans cesse de ne pas s'approcher de l'étang, ce dont Élisabeth, un peu frondeuse, ne se privait guère cependant. Un jour, alors qu'elle revenait en tenant à la main un nénuphar détaché de la plante, qu'elle avait réussi à atteindre à l'aide d'un long bâton fourchu, elle rencontra Agathe de Combrond, qui lui dit avec son sourire ingénu :

– Vous avez cueilli cela dans l'étang ? Quelle imprudence ! Avez-vous donc envie de faire comme votre mère ?

Élisabeth, obéissant aux réflexes habituels chez elle à l'égard de Judith et de sa fille, répliqua sèchement :

– Quoi ? Qu'est-ce qu'elle a fait, maman ?

– Mais elle s'est noyée dans l'étang en voulant cueillir des nénuphars !... Du moins on le suppose... Personne ne vous l'a jamais dit ?

Sans répondre, Élisabeth s'éloigna brusquement. Elle se répétait : « Noyée... maman s'est noyée. » Cette révélation jetait en son âme une horreur tragique. Elle se précipita dans la tour, entra chez Adélaïde et lui cria :

– Pourquoi ne m'avez-vous pas dit que maman s'était noyée ?

Adélaïde eut quelque peine à la calmer, à lui faire comprendre qu'elle avait agi de la sorte pour ne pas l'impressionner par ce lugubre souvenir. Depuis lors, la pièce d'eau était devenue pour Élisabeth une sorte de lieu sacré près duquel, presque chaque jour, elle venait songer à sa mère morte, la blonde Daphné aux yeux pensifs, dont le portrait ornait sa chambre.

Il existait, au bord de cet étang, un vieux pavillon à demi ruiné. Il avait les lignes élégantes des constructions du XVIIIe siècle et, à l'intérieur, subsistaient quelques-unes des peintures dont on l'avait décoré autrefois. Dans le temps où la fortune n'avait pas encore abandonné les comtes de Rüden, on donnait des fêtes sur cette pièce d'eau et dans le pavillon on offrait collation ou souper, selon les heures. Depuis longtemps il était abandonné. Élisabeth seule y venait lire, songer ou dessiner. Seule, non, car un jour elle y avait trouvé un long voile de tulle blanc qui appartenait à sa tante Calixte. Mais celle-ci ne fréquentait les lieux qu'à la nuit tombante, lorsque sa silhouette déformée se confondait avec les ombres nocturnes.

Deux jours après son entrevue avec la comtesse Aurore, Élisabeth, dans l'après-midi, vint s'asseoir sur une des marches qui permettaient de descendre du pavillon, un peu élevé sur la berge, jusqu'au bord de l'eau. Elle ouvrit l'album qu'elle avait apporté dans l'intention de dessiner la rive de l'étang qui lui faisait face. Une végétation touffue d'arbustes la couvrait et certains penchaient jusque dans l'eau leur feuillage échevelé. D'une main déjà sûre, Élisabeth traça une esquisse de ce lieu qu'elle aimait. Adélaïde lui avait donné quelques leçons et d'elle-même, ensuite, elle réalisait de singuliers progrès qui faisaient dire à la vieille demoiselle : « Quel dommage de ne pouvoir mieux cultiver les dons que vous avez, ma petite fille ! »

Sous le ciel couvert, l'étang était sombre, d'un vert presque noir. Une chaleur humide alourdissait l'atmosphère. Le désagréable cri d'une pie, quelques pépiements d'oiseaux traversaient parfois le silence, jusqu'au moment où un léger rire de femme s'éleva, frappant l'oreille d'Élisabeth.

Elle tressaillit et le crayon s'immobilisa entre ses doigts. Les lèvres serrées, elle se leva et gravit rapidement les trois marches qui la séparaient du pavillon. Elle entra, repoussa les battants de la porte vitrée qui ouvrait de ce côté. La pièce, dallée de marbre noir et blanc, était garnie de boiseries autrefois grises, détériorées par l'humidité, qui encadraient des panneaux peints en fort mauvais état, comme l'était le plafond où se discernaient encore quelques vagues formes mythologiques. Trois portes vitrées, semblables à celle que venait de franchir Élisabeth, donnaient sur les autres façades du pavillon. La fillette s'approcha de l'une d'elles, l'entrouvrit sans bruit. Un peu plus loin, sur la berge de l'étang, assez haute à cet endroit, venaient de s'arrêter deux personnes : Agathe de Combrond et Willibad Rilden-Gortz. Agathe disait :

– Nous irons où vous voudrez, Willibad chéri. Nous pourrons même attendre l'hiver pour ce voyage de noces, afin d'avoir plus de temps, puisqu'à ce moment votre travail vous laissera quelque liberté. Nous irons dans le Midi, dans un joli endroit que je connais, où nous serons tranquilles pour jouir de notre bonheur.

La voix d'Agathe semblait un doux roucoulement. Sa tête blonde se penchait sur l'épaule de Willibad tandis qu'il répliquait :

– Vous avez là une bonne idée, chère Agathe. J'aimerais mieux ne pas m'absenter plus de quelques jours au moment de notre mariage, car ce sera l'époque des travaux d'automne. Un agriculteur n'a pas beaucoup de liberté. Vraiment, ne craignez-vous pas de vous ennuyer à la campagne, vous qui êtes habituée à une existence plutôt mondaine ?

– Oh ! non, chéri, avec vous, jamais !

Élisabeth s'écarta brusquement de la fenêtre. Son visage tendu, ses sourcils rapprochés dénotaient une sourde colère. Avec un sourire méprisant, elle murmura :

– Cet imbécile qui la croit !

La voix d'Agathe, un peu plus haute, lui parvint de nouveau :

– Je n'aime pas cette pièce d'eau. Elle a toujours quelque chose de lugubre. Je me demande pourquoi la mère d'Élisabeth en faisait un de ses buts de promenade favoris.

– Elle avait une nature romantique, paraît-il. Une très jolie femme, mais un peu froide. Elle se montrait cependant aimable pour le garçonnet que j'étais alors et parfois son regard prenait une douceur vraiment séduisante.

– Oui, elle était très jolie, mais il y avait en elle quelque chose qui éloignait. J'étais bien enfant alors, mais je n'ai jamais eu de sympathie pour elle. Je ne crois pas qu'elle eût rendu son mari bien heureux si elle avait vécu.

– J'étais trop jeune, je ne l'ai pas assez connue pour avoir une idée à ce sujet.

Les voix s'éloignèrent. Élisabeth, immobile, les écouta décroître. Ses yeux assombris décelaient l'orage qui se formait en son âme. Puis elle eut une sorte de rire sourd qui secoua ses épaules. Agathe, l'angélique Agathe comme l'appelait sa cousine Mme Piennes... Quelle sottise existait donc chez les hommes, même intelligents comme l'était Willibad, pour se laisser prendre à ces ruses, à ces mensonges ? Eh bien ! tant pis pour lui ! Puis, après tout, il aurait l'argent d'Agathe pour se consoler !

Des larmes montaient aux yeux d'Élisabeth. Elle les essuya avec colère, en serrant les dents. Par le fait, elle détestait Willibad depuis qu'il était fiancé à la fille de Judith. Autrefois, quand elle était tout enfant, il se montrait assez gentil à son égard ; il avait même dit un jour, devant elle, à son père : « Elle est intéressante, cette petite, pas ordinaire du tout. » Et puis, plus tard, il avait commencé de la traiter avec froideur, sous l'influence évidente de Judith et d'Agathe. Il la critiquait, rééditait les reproches de Mme de Rüden, ses griefs contre sa belle-fille hostile et intraitable. Ainsi était-il devenu à son égard, sinon un ennemi, du moins un adversaire.

À sa guise ! Elle se passerait de sa sympathie.

Elle sortit du pavillon, demeura un moment immobile, les yeux attachés sur l'eau sombre. Ses doigts serraient nerveusement l'album. Puis, se détournant, elle s'en alla dans la direction du château par l'un des petits sentiers embroussaillés, où elle était sûre de ne pas rencontrer l'élégante Agathe et son fiancé.

Quand elle fut en vue du parterre inférieur, elle jeta vers les alentours un coup d'œil méfiant. Non, ils n'étaient pas là... Et l'autre parterre aussi apparaissait désert. Seul un vieux chien de chasse presque aveugle rôdait entre les plates-bandes. Il vint à Élisabeth, qui lui donna une caresse distraite avant de se diriger vers la tour.

La porte était ouverte, et comme Élisabeth entrait dans la salle d'armes, elle vit surgir, de l'escalier, Damien, le domestique de la vieille comtesse. Sa face glabre, couleur de buis, aussi figée à l'ordinaire que celle d'Aglaé, sa sœur, avait une expression insolite que remarqua aussitôt Élisabeth.

– Qu'y a-t-il ? Grand-mère est-elle plus malade ? demanda-t-elle.

– Mme la comtesse se meurt. M. le comte est près d'elle.

Il s'éloigna, son grand corps maigre flottant dans la livrée râpée qu'il portait toujours l'après-midi.

Élisabeth gravit lentement les degrés. Bien qu'elle n'eût aucune affection pour l'aïeule glacée, indifférente, cette approche de la mort faisait surgir en elle une sourde angoisse. Elle s'arrêta dans la pièce qui servait d'antichambre. La porte conduisant à l'appartement de la vieille comtesse était restée entrouverte. Élisabeth se demandait si elle devait se rendre près de la mourante. Adélaïde était partie depuis le matin pour faire quelques courses indispensables à Lons-le-Saunier. Il était donc impossible de prendre conseil près d'elle. Encore indécise, Élisabeth poussa le vantail, traversa la grande salle voûtée. La porte donnant dans la chambre de Mme de Rüden était fermée. L'autre, ouverte, laissait entrevoir un sombre couloir qui menait au vieux corps de logis abandonné à la ruine. Par là, aussi, on gagnait une pièce communiquant avec la chambre, qui servait de cabinet de toilette, et où couchait Aglaé, pour être proche de sa maîtresse.

Ce fut dans ce couloir que s'engagea Élisabeth, toujours perplexe sur ce qu'elle devait faire en la circonstance. Que dirait son père de la voir apparaître ? Pourtant, il lui semblait que son devoir était de se trouver près de son aïeule mourante.

Le cabinet de toilette, très vaste et assez bien installé, donnait par une large porte garnie de portières épaisses sur la chambre de la comtesse. Comme Élisabeth approchait, elle entendit la voix de son père, impérative et suppliante à la fois :

– Ma mère, vous devez me le dire ! Pensez donc, s'il me faut déclarer la valeur de ces bijoux, que me restera-t-il, une fois les droits payés ? Tandis que si vous me les remettez maintenant...

Élisabeth écarta doucement une des portières. Ainsi elle voyait le lit, et sa grand-mère, le visage violacé, les paupières closes, les lèvres entrouvertes. Rodolphe de Rüden, penché vers la mourante, tenait une de ses mains. Élisabeth ne pouvait apercevoir son visage, mais elle entendait de nouveau cette voix pressée, haletante...

– Voyons, ma mère, vous pouvez me dire un mot... me faire un signe ? Où sont ces bijoux ? Vous n'avez jamais voulu me l'apprendre... J'en remettrai une partie à Calixte, naturellement, si telle est votre volonté, bien qu'elle n'en ait nul besoin, dans sa situation. Mais dites-moi où je les trouverai... Ma mère, m'entendez-vous ?

Rien ne répondit à cette adjuration. Les paupières restaient fermées, la bouche s'ouvrait davantage, comme si la mourante cherchait un peu plus d'air.

Élisabeth crispa sa main sur la portière. Là-bas, à l'extrémité de la chambre, apparaissait la souple silhouette de Judith, vêtue de crêpe jaune pâle. Elle semblait glisser sur le vieux tapis d'Orient.

La bouche serrée, les yeux chargés d'âpre inquiétude durcissaient étrangement sa physionomie.

Rodolphe se redressa. Il tournait ainsi le dos à sa fille. Judith, tout en avançant, demanda d'une voix qui sifflait un peu :

– Vous n'avez pas réussi ?

– Non !... Je crois du reste qu'elle ne peut plus parler.

– Elle ne peut plus ? Allons donc, si elle le voulait !...

Jamais Élisabeth ne devait oublier la haineuse fureur contenue dans cette voix et dans le regard qui se dirigeait vers la mourante.

– ... Il ne nous reste qu'à espérer de les trouver en fouillant tout dès maintenant.

– Dès maintenant ?

Il y avait une hésitation dans la voix de Rodolphe.

– ... Non, Judith, mieux vaut attendre qu'elle...

– Pas du tout. On ne sait si ses domestiques ne prendraient pas les devants. Je sonne Aglaé pour qu'elle vous remette les clefs.

À cet instant, Élisabeth, qui regardait sa grand-mère, vit ses paupières se lever, l'espace d'une seconde, ses lèvres se fermer pour esquisser un étrange rictus, une sorte d'affreux rire silencieux. Elle laissa aller la portière et s'enfuit sans bruit, le cœur étreint par une profonde horreur.

IV

Trois jours plus tard, dans la chapelle du château, furent célébrées les obsèques d'Aurore de Bruans, comtesse de Rüden. Le curé du village de Sauvin célébra la messe, et un religieux bénédictin, cousin de la défunte, donna l'absoute. L'assistance était peu nombreuse. Quelques châtelains de la contrée, quelques personnes du village, les familles des deux fermiers avaient pris place sur les antiques bancs de chêne, derrière ceux où se tenaient le comte de Rüden, Judith, Élisabeth, Mme de Groussel, son fils Willibad et Agathe de Combrond. Calixte, qui n'avait point paru au lit de mort de sa mère, se trouvait également absente de cette cérémonie dernière.

La chapelle, qui occupait l'extrémité des anciens bâtiments, avait jusqu'alors résisté à la ruine. Elle ne servait plus qu'en de semblables circonstances. Les vieux vitraux subsistaient dans leurs alvéoles de plomb et laissaient passer une clarté indécise dans laquelle s'estompaient les visages des assistants. Celui d'Élisabeth restait caché sous le voile qu'elle ne songeait pas à écarter. La fillette était assise entre sa belle-mère et Mme de Groussel. Contre son habitude, car elle avait une piété sincère et bien dirigée par le curé de Sauvin, sa pensée ne suivait pas les rites sacrés. Depuis le moment où elle avait assisté, invisible, à cette scène révélatrice près du lit où se mourait la vieille comtesse, elle restait sous l'impression d'écroulement affreux qui l'avait fait si précipitamment fuir. Jusqu'alors, bien qu'elle connût l'influence de Judith sur son père, elle n'aurait pu imaginer que celui-ci poussât la faiblesse jusqu'à... jusqu'à cette horrible chose : fouiller les meubles sous les yeux de sa mère mourante. Rien, jamais rien, pensait Élisabeth avec désespoir, n'enlèverait ce souvenir de sa mémoire, ni celui du sourire de l'aïeule, cet atroce sourire qui signifiait, pour Élisabeth, la joie haineuse de la vieille dame à la pensée de la déception promise aux héritiers avides.

Elle l'avait retrouvé sur les lèvres de la morte, quand, avec Adélaïde, elle s'était agenouillée près d'elle. Aglaé, impassible, sèche et glacée, ainsi que toujours, se tenait près de sa maîtresse défunte. Comme Adélaïde murmurait avec un peu d'effroi : « Oh ! pourquoi sourit-elle ainsi ? » La servante avait répondu avec une étrange intonation de sarcasme : « Elle est morte contente, probablement. »

Derrière l'autel, le chantre entonnait le *Dies irae*. C'était un ouvrier du village, un petit menuisier dont l'abbé Forgues avait dirigé, cultivé la belle voix de baryton. Élisabeth frissonna longuement. « Jour de colère... » Elle songeait à celle dont le corps sans vie reposait là, dont l'âme orgueilleuse et dure avait paru subitement devant son Juge dans la féroce joie de la vengeance. Mme de Rüden, cloîtrée dans cet orgueil inflexible, avait toujours dédaigné une religion qui glorifiait les humbles et ordonnait le pardon des injures. Elle avait haï Judith, elle était certainement morte en la haïssant...

Mais était-ce donc une grande faute de haïr Judith ? Alors, elle, Élisabeth... elle qui la détestait de toute son âme ?

Son regard plein d'angoisse alla vers l'autel. Un grand christ de bois peint, très ancien, le dominait. Élisabeth joignit les mains en songeant : « Peut-être me pardonnerez-vous, Seigneur, vous qui avez tant souffert des hypocrites pendant votre vie et les avez si bien fustigés en paroles. Mais ne me demandez pas de ne plus détester Judith ! Tout au plus puis-je ne pas lui souhaiter de mal... mais c'est tout, mon Dieu, c'est tout ! »

Elle ramena contre son visage le voile de crêpe léger pour ne plus sentir le parfum pénétrant dont se servait Mme de Rüden. À sa droite, Mme de Groussel, maigre et blonde, avec un visage fané, fatigué, tenait ouvert son paroissien, mais en restait toujours à la même page.

Encore une qui se laissait prendre par Mme de Rüden et Agathe. Puis il y avait la fortune d'Agathe...

L'argent... l'argent. Élisabeth le détestait instinctivement, bien qu'elle connût encore si peu de quelles bassesses, de quels crimes parfois il est le motif. Elle aimait sa pauvreté, elle en était fière, comme d'une supériorité morale sur Judith et sa fille. Sa belle-mère l'avait peut-être devinée, car plus d'une fois elle l'avait tentée en lui offrant une toilette élégante, en raillant doucement sa mise très modeste. Mais elle n'était pas tombée dans le piège. Ah ! plutôt mendier son pain que de devoir quelque chose à Judith !

L'obligation de demeurer près de Mme de Rüden pendant cette cérémonie funèbre produisait chez Élisabeth un profond malaise. Aussi éprouva-t-elle un vif soulagement quand, l'absoute donnée, les assistants quittèrent leur place pour suivre le cercueil que l'on descendait dans la crypte. Là, depuis plusieurs siècles, reposaient les restes des Farel, premiers seigneurs de Montparoux, et des Rüden, leurs successeurs. Sous la voûte romane, soutenue par de massifs piliers, s'alignaient des sarcophages de pierre. Les porteurs déposèrent le cercueil sur des tréteaux et la famille, les serviteurs l'entourèrent tandis que le prêtre disait les dernières prières à la lueur des cierges fichés dans de hauts chandeliers d'argent.

Élisabeth, deux fois par an, – à la Toussaint et le 16 août, anniversaire de la mort de sa mère – descendait avec Adélaïde dans cette crypte. Elle n'y pénétrait pas sans un serrement de cœur, car l'atmosphère était lugubre sous cette voûte basse, dans ce lieu où ne pénétrait pas la lumière du dehors. Aujourd'hui, la même sensation l'étreignait avec plus de force encore, devant cette bière de chêne brillant qui renfermait l'altière Aurore, et son sourire... Enlevant les yeux elle vit en face d'elle son père. À la jaune lueur des cierges, le visage aux beaux traits fins apparaissait très pâle, un peu contracté. Les paupières baissées ne laissaient pas voir le regard. Pensait-il, lui aussi, à ce sourire ? Se disait-il, comme Élisabeth, qu'il ne l'oublierait jamais ?

En frissonnant, elle détourna les yeux. Maintenant, elle regardait Judith qui prenait le goupillon des mains de son mari. La colère montait en elle devant ce doux visage, cet air grave, recueilli. Quand on l'avait vue, comme elle, quand on l'avait entendue, dans la chambre de la mourante...

Un affreux écœurement pénétrait l'âme d'Élisabeth. Une irrésistible envie de fuir lui venait. Ne plus voir ces femmes, la mère et la fille, ne plus voir son père, son père qu'elle avait aimé, pourtant, quand, toute petite fille, elle se blottissait dans les bras qui l'entouraient avec tendresse. Il l'appelait : « Ma Lili, ma petite chérie », il riait, tout heureux, en écoutant son bavardage enfantin.

À ce moment-là, Daphné vivait. Mais Daphné était morte, et Judith était venue...

Élisabeth eut un sursaut. Quelqu'un lui toucha le bras et une main lui tendait le goupillon. Elle le secoua machinalement sur le cercueil et le passa à Agathe. Puis, en réprimant avec peine sa hâte, elle s'en alla vers l'escalier aux larges marches humides où déjà s'engageaient sa belle-mère et Mme de Groussel.

Dans la chapelle, la famille s'alignait pour recevoir le salut des assistants. Mais Élisabeth se glissa au-dehors et gagna la tour. En montant l'escalier, elle croisa Florestine, la femme de chambre de sa tante, la fidèle Florestine qui vivait près de Calixte depuis son adolescence. Mince et brune, vêtue avec une simplicité presque monacale, elle avait des yeux calmes et doux, une maigre figure au teint mat. Elle parlait peu, ne disait jamais mot de ce que faisait Calixte. Élisabeth, quand elle se rendait en semaine à la messe, la voyait toujours agenouillée à la même place, dans un entier recueillement. Elle l'intriguait un peu, cette silencieuse Florestine, et l'attirait en même temps, car elle avait l'impression d'une paix mystérieuse qui émanait d'elle.

En s'écartant pour laisser passer Élisabeth, la femme de chambre la salua avec cet air de doux respect qu'elle avait toujours pour la nièce de sa maîtresse. Élisabeth dit machinalement : « Bonjour,

Florestine. » Mais cette rencontre ramenait à sa pensée le souvenir de cette tante presque inconnue, farouchement retirée du monde pour cacher sa disgrâce. Après tout, elle avait raison. Il n'y avait partout que méchanceté, fourberie, hideux égoïsme. Il n'y avait que désillusions, et mieux valait, toute jeune, se retirer de ce monde trompeur, de cet odieux monde où vivaient des Judith, des Agathe, des êtres décevants comme ce Willibad...

Adélaïde, arrivant cinq minutes plus tard, trouva Élisabeth absorbée dans ces amères pensées. Elle s'écria dès l'entrée :

– Pourquoi êtes-vous partie si vite, ma petite fille ? Il fallait attendre que les assistants vous eussent saluée, comme les autres...

Élisabeth eut un geste las.

– Cela n'a pas d'importance, Adélie, je suis si peu connue ! Certainement, on ne s'est même pas aperçu de mon absence.

– Je crois, au contraire, que vous recevrez des observations, mon enfant.

– Ah ! de Judith, peut-être ?

Un sourire méprisant soulevait la lèvre d'Élisabeth.

– Eh bien ! je les écouterai, comme d'habitude, et je ne m'en porterai pas plus mal.

– Elle n'aura pas tout à fait tort en la circonstance. Votre place était là, Élisabeth. Il faut vous habituer à ne plus agir comme une petite fille sauvage.

Élisabeth se redressa un peu dans le vieux fauteuil où elle s'était jetée en entrant dans sa chambre.

– Je serai toujours une sauvage, Adélie. Je ne veux pas vivre dans le monde. Si j'étais un homme, je me retirerais dans un lieu désert, comme les ermites d'autrefois.

Adélaïde considérait avec perplexité la mince figure un peu tendue, les beaux yeux assombris. Elle sentait qu'Élisabeth parlait sérieusement. Depuis la mort de sa grand-mère, elle la trouvait changée, d'humeur plus sombre, plus silencieuse. Mais elle ne comprenait pas comment cet événement pouvait influer sur elle, Élisabeth ne lui ayant rien dit de la scène surprise par elle au chevet de la mourante.

– Que vous prend-il, ma petite fille ? Qu'avez-vous donc ? Que vous a-t-on fait ?

Elle penchait vers Élisabeth son bon visage inquiet. La fillette se leva d'un bond et lui entoura le cou de ses bras.

– Je trouve le monde affreux, mais il y a ma chère Adélie pour m'aider à le supporter. Vous ne me quitterez pas, Adélie ? Jamais, jamais ?

– Quelle idée, Élisabeth ! Pas de mon plein gré, en tout cas. Il n'y a que si l'on vous envoyait en pension.

– En pension ?

Élisabeth se reculait en un mouvement de violente protestation.

– ... Ne me reparlez plus de cela, Adélie ! Jamais je ne pourrais vivre enfermée, parmi des étrangères. Puis Judith serait capable de prétendre que c'est elle qui paie pour moi, parce que les revenus de mon père sont absorbés par l'entretien de la propriété. Elle m'a insinué cela un jour, je vous l'ai dit. Non, non, je resterai ici jusqu'à ma majorité. Alors, je travaillerai, à n'importe quoi, et je vous rendrai ce que vous dépensez pour moi, bonne chère Adélie.

– Oh ! quant à cela !...

Adélaïde considérait avec mélancolie la jeune physionomie résolue. Certes, elle continuerait de dépenser pour Élisabeth les revenus du petit héritage qui lui était échu après la mort de son frère, car la maigre somme versée par M. de Rüden pour l'entretien de sa fille n'aurait pas permis d'y subvenir complètement. Mais elle savait, elle, que tout ne se passerait pas aussi simplement que le supposait Élisabeth dans son inexpérience, et l'inquiétude la saisissait à la pensée de l'avenir difficile qui semblait attendre cette enfant sensible et fière, dont certains côtés de la nature lui demeuraient encore inconnus.

Le son d'un violon, à cet instant, arriva par la fenêtre ouverte. Adélaïde eut un léger sursaut et murmura :

– Le jour de l'enterrement de sa mère ! Elle aurait pu, il me semble...

L'oreille tendue, Élisabeth écoutait. Une longue plainte musicale s'élevait, puis un chant grave, d'une sombre mélancolie. Élisabeth dit pensivement :

– C'est peut-être sa manière de prier pour elle.

Le violon gémissait, exhalait une pathétique angoisse. Élisabeth, les nerfs tendus, levait son visage pâli, comme pour mieux recueillir la poignante beauté que dispensait l'archet de Calixte. Mais soudainement, elle se raidit, figée dans une stupéfaction presque horrifiée. Une sorte de ricanement s'élevait, un chant de joie diabolique sur un rythme de danse macabre. Puis, brusquement, l'archet grinça et tout se tut.

Élisabeth eut un long soupir d'angoisse en s'écartant de la fenêtre et détourna les yeux pour qu'Adélaïde ne vît pas la détresse qui devait s'y refléter.

V

L'après-midi était avancé, le surlendemain, quand Élisabeth s'en alla vers la vieille salle de l'ancien château où elle aimait travailler pendant les jours d'été. Là, au moins, elle ne risquait pas de rencontrer sa belle-mère ou Agathe. Assise sur l'appui de la baie ogivale, elle avait sous les yeux la vallée, la noble perspective des hauteurs, en partie couvertes de sapins. Aujourd'hui, un ciel voilé ne donnait qu'une lumière atténuée dont la douceur apaisante détendait quelque peu les nerfs d'Élisabeth. À part un bruit de moteur, parfois, sur la route au-dessus de Montparoux, un silence bienfaisant l'enveloppait. Elle tricotait de temps à autre, mais, plus souvent, restait songeuse, ses yeux errant sur le paysage familier. À droite, dans la vallée, un bouquet d'arbres cachait Aigueblanche, la demeure de Mme de Groussel. Willibad, maintenant, déchargeait sa mère du souci de l'exploitation agricole. Des deux enfants nés du second mariage, l'un, Abel, était infirme, l'autre, une fillette de quinze ans, élevée en Suisse chez une sœur de Mme de Groussel, ne venait à Aigueblanche que pendant les vacances. Élisabeth les connaissait peu, car, depuis longtemps, la baronne ne l'invitait plus à accompagner sa belle-mère et Agathe lorsque celles-ci lui rendaient visite. Sa réputation de sauvagerie, de caractère intraitable, avait été dûment établie, non moins que la négligence, le laisser-aller de sa tenue. Il ne lui échappait point que Mme de Groussel, dans leurs rencontres d'ailleurs assez rares, lui témoignait une malveillance à peine déguisée. Elle savait quelle sournoise influence s'exerçait là, comme auprès de son père, de Willibad, des personnes autrefois en relation avec sa mère et qui semblaient l'ignorer maintenant. Une sourde révolte soulevait parfois son âme meurtrie ; mais elle faisait appel à toute sa fierté, à toute sa volonté pour que ces deux femmes ne s'en aperçussent jamais.

Car elles seraient trop joyeuses, vraiment, si elles voyaient combien souffrait Élisabeth ! Tandis qu'en leur opposant une apparente impassibilité, en narguant les hypocrites manœuvres destinées à lui nuire, elle avait conscience de les décevoir, de briser les armes entre leurs mains.

Mais qu'il était dur, parfois, de maintenir cette attitude ! Avec quelle joie elle voyait, chaque année, le départ de Judith et d'Agathe au début de l'automne ! Les trois mois de leur séjour à Montparoux lui semblaient interminables, et les autres passaient tellement vite dans cette austère solitude, malgré le dur hiver !

Cette année, elles partiraient un peu plus tard. Agathe se marierait le 15 octobre, dans la petite église de Sauvin-le-Béni. Un mariage tout simple, disait Judith. Simple comme Agathe, cette colombe.

Les lèvres d'Élisabeth se crispèrent. Puis un rire de triomphe s'étouffa dans sa gorge. Ah ! du moins, la belle Judith n'aurait pas les joyaux de l'aïeule hindoue ! Elle ne se doutait guère que cette Élisabeth détestée, persécutée, en était la détentrice.

Par Damien, parfois un peu moins secret que sa sœur, Adélaïde avait su que la défunte comtesse léguait à ses deux domestiques une rente de quatre mille francs. Mais elle ignorait si Mme de Rüden avait pris des dispositions particulières pour sa petite-fille. Élisabeth ne s'en inquiétait guère, car elle avait encore toute l'inexpérience de l'enfance. Le désintéressement, d'ailleurs, était un trait de sa nature, et elle le poussait aussi loin que possible – trop loin, disait parfois Adélaïde. Pas une fois elle n'avait songé que les bijoux donnés par sa grand-mère représentaient une grosse fortune, dont il lui serait possible de jouir plus tard. Elle considérait seulement qu'elle les soustrayait à l'avidité de Judith et cette pensée lui procurait une suffisante satisfaction.

Dans le silence où Élisabeth s'engourdissait un peu, la voix d'Adélaïde vint la faire tressaillir.

– Élisabeth !... Êtes-vous par ici ?

La fillette bondit hors de la vieille salle, jusque dans la cour où Adélaïde venait de s'arrêter, près de l'antique bassin desséché.

– Qu'y a-t-il, Adélie ?

– M. de Rüden vous demande, ma petite fille.

Les fins sourcils d'Élisabeth se rapprochèrent aussitôt et les yeux, tout à coup, semblèrent prendre une teinte plus sombre.

– Il vous attend dans le petit salon, ajouta Adélaïde.

Élisabeth dit ironiquement :

– Je vois... Judith sera là et on va me juger... Une condamnation, naturellement, parce que je n'ai pas pu supporter davantage cette comédie...

Adélaïde la regarda avec effarement.

– Une comédie ?... Quelle comédie ?

Mais Élisabeth, négligeant de répondre, s'élança hors de la cour, sans paraître entendre la vieille demoiselle qui lui disait :

– Recoiffez-vous un peu auparavant... mettez des chaussures convenables...

Près du grand salon se trouvait une petite pièce décorée de trumeaux et de glaces dont Judith avait fait son domaine favori. De gracieux meubles anciens l'ornaient et des fleurs y étaient disposées en abondance. Quand Élisabeth entra, Mme de Rüden, vêtue d'une vaporeuse robe noire et enfoncée dans une profonde bergère, causait avec son mari, debout près d'une porte-fenêtre donnant sur la terrasse. Elle enveloppa sa belle-fille d'un rapide coup d'œil qui s'attarda sur les sandales de toile usées, sur les bas fortement reprisés.

– Toujours cette tenue, Élisabeth ? Incorrigible, vraiment ?

Quelle suavité se mêlait au reproche, dans cette douce voix !

M. de Rüden toisa sa fille d'un regard irrité.

– Cela devient intolérable, Élisabeth ! Tu n'as aucune tenue, tu ne tiens pas compte des observations que ta mère se donne la peine de te faire. Avant-hier, tu as agi avec la dernière inconvenance en quittant la chapelle au lieu de demeurer près de nous, où se trouvait ta place pour recevoir les condoléances des assistants.

– Je suis une inconnue pour la plupart d'entre eux.

Élisabeth tournait vers son père une physionomie impassible. Il leva les épaules en ripostant :

– À qui la faute ? Si tu étais plus présentable, et plus sociable, tu serais en rapport avec nos relations, ainsi que nous le souhaitions, ta mère et moi. Mais cette situation ne peut durer. Il faut que tu apprennes les manières conformes à ton rang et que tu acquières une instruction plus étendue, que ne peut te donner Adélaïde.

Élisabeth contint avec peine un tressaillement. Il y avait là des yeux très doux, sous de longs cils foncés, qui guettaient le moindre signe d'émotion, d'anxiété, chez elle. Il fallait donc ne rien montrer de ce qu'elle éprouvait en entendant ces paroles qui annonçaient une décision depuis quelque temps redoutée.

M. de Rüden s'écarta un peu de la fenêtre et fit un pas vers sa fille. La quarantaine le laissait jeune, svelte, toujours séduisant avec son visage un peu mat, aux traits fins, ses yeux d'un bleu velouté qui, autrefois, avaient pris le cœur de Daphné Meldwin, et plus tard celui de Judith. Il était en outre d'une élégance très aristocratique, vraiment très grand seigneur. Il passait pour lettré, s'intéressait à toutes les manifestations artistiques ; mais les mauvaises langues prétendaient qu'il ne fallait voir là qu'une façade, utile pour sa réputation mondaine.

– J'ai reçu ces jours derniers une lettre de ton oncle, sir Montagu Meldwin. Il serait désireux de te connaître et demande que tu passes quelque temps chez lui, à Morton-Court. J'ai donc décidé que tu partirais le mois prochain avec Adélaïde. J'écrirai à sir Montagu de chercher pour toi une bonne pension où tu recevras l'instruction et l'éducation qui te manquent. Tu sortiras, chez lui, et le contact avec sa fille achèvera de faire de toi – du moins je l'espère – une jeune personne bien élevée.

Une violente protestation montait aux lèvres d'Élisabeth. Elle avait envie de crier : « Non, non, vous ne me ferez pas partir d'ici ! » Mais elle serait trop heureuse, cette femme, de voir sa colère, sa douleur. Il fallait se raidir, se taire, garder cet air de défi glacé qui parut irriter M. de Rüden, car il dit sèchement :

– Qu'as-tu à me regarder ainsi ? Ne peux-tu parler, au lieu de prendre cet air... cet air...

– Je n'ai rien à vous dire, mon père.

La sèche riposte interloqua visiblement M. de Rüden. Mais la voix de Judith s'éleva avec un accent d'ironique réprobation :

– Quelle insolence ! Vraiment, Élisabeth, tu abuses de notre indulgence. Ne pense pas que tu en trouveras ailleurs une semblable.

– Oh ! je sais très bien qu'il n'existe rien de comparable à vous !

Avec un sûr instinct de ce qui pouvait atteindre sa belle-mère, Élisabeth saisissait l'arme du sarcasme. Elle attachait maintenant sur Judith ce même regard de défi, dans lequel passait une lueur de triomphe, car elle songeait aux joyaux si vainement cherchés par Mme de Rüden, dans tous les recoins du vieux château, comme Damien l'avait appris à Adélaïde.

Les mains de Judith – des mains un peu courtes, un peu épaisses, mais admirablement blanches et soignées – se contractèrent légèrement sur la robe noire où elles s'abandonnaient. Pendant un instant, les paupières aux longs cils cachèrent le regard que cherchaient les yeux provocants d'Élisabeth. M. de Rüden dit avec irritation :

– C'est assez ! Tu as un ton qui ne me plaît pas. Va-t'en et dis à Adélaïde de venir me parler demain matin, pour que je lui donne mes instructions à ton sujet.

– Bien, mon père.

Et, après un bref salut, Élisabeth sortit du salon, avec l'intime satisfaction – léger baume sur sa souffrance – d'avoir eu cette fois le dernier mot avec sa belle-mère.

– Détestable enfant ! dit Judith.

Mais cette appréciation s'accompagnait d'un sourire qui devait en diminuer la portée.

– Espérons que la société de sa cousine, que je suppose bien élevée, lui sera favorable. Puisque ni vous ni moi ne pouvons rien obtenir d'elle, peut-être des étrangers réussiront-ils mieux dans cette difficile tâche.

– Peut-être. En tout cas, vous serez délivrée de ce souci, ma chère amie. Nous la laisserons quelques années là-bas, et à son retour, nous tâcherons de la marier le plus tôt possible, chose sans doute difficile puisqu'elle n'aura pour dot que la somme relativement assez modique léguée par sa grand mère, et qu'elle manquera totalement, je le crains, du charme, de la grâce qui auraient pu, aux yeux de certains, former compensation.

Judith soupira, en murmurant d'un ton de regret :

– J'aurais tant voulu remplacer sa mère, faire d'elle la sœur de mon Agathe ! Hélas ! il me faut renoncer à vaincre cette ingrate nature, à conquérir cette enfant qui me déteste ! C'est une véritable souffrance pour moi, Rodolphe.

M. de Rüden, s'approchant, lui prit la main et y appuya ses lèvres.

– Vous êtes tellement bonne, mon aimée ! Cette enfant est odieuse. Je ne sais de qui elle tient, car Daphné avait une nature douce et aimable.

– De votre mère, peut-être ?

La physionomie de Rodolphe s'assombrit.

– Ah ! oui, de ma mère, c'est possible... Mon père n'a pas été heureux près d'elle.

– Et elle nous joue un tour infernal !

La voix de Judith prenait tout à coup des intonations dures.

– ... Ces bijoux... Qu'a-t-elle pu en faire ? Où les a-t-elle cachés ? C'est affolant ! Qu'allons-nous faire ?

– Je me le demande. Il faudra encore recommencer nos recherches. Dans ces vieux meubles, il peut y avoir des tiroirs à secret. Je ferai venir un ébéniste de Besançon pour qu'il les examine.

– C'est une bonne idée. Quant à Damien et Aglaé, s'ils savent quelque chose, nous arriverons difficilement à les faire parler.

– Je ne crois pas que ma mère se confiât à quelqu'un, fût-ce à des serviteurs fidèles. Ce n'était pas dans son caractère méfiant et renfermé. Non, elle a dû combiner seule cette... méchanceté, cette vengeance. Mais enfin, puisqu'elle ne quittait plus Montparoux depuis des années, elle ne peut avoir caché ailleurs ces joyaux.

– À moins qu'elle ne les ait fait déposer dans une banque par un de ses domestiques, sans qu'il se doute de ce que c'était. Il faudra interroger Damien et Aglaé sur ce point. Puis, s'ils ne peuvent ou ne veulent nous renseigner, nous nous informerons près des banques de toute la région.

– Évidemment, ce sera notre dernière carte. Après... eh bien ! il ne nous restera qu'à espérer dans le hasard pour nous les faire découvrir. J'aurais tant voulu cependant vous voir parée du merveilleux collier de mon aïeule, ma belle Judith !

Elle sourit au regard d'adoration qui accompagnait ces mots.

– Espérons que vous aurez ce plaisir, mon cher Rodolphe, et que je prendrai cette petite revanche sur votre mère, qui m'a si profondément blessée. Je vais maintenant m'habiller, puisque nous dînons ce soir à Aigueblanche. Agathe voudrait y arriver quelque temps auparavant pour roucouler un peu avec son fiancé.

Un doux rire passa entre les lèvres de Judith.

– ... Elle a un nom 1830, ma petite fille, mais elle a un peu aussi l'âme de ce temps.

M. de Rüden sourit en appuyant une main caressante sur les cheveux noirs.

– Oui, elle me semble bien sentimentale... surtout à l'égard d'un homme plutôt froid, tel que Willibad. Il est curieux qu'elle se soit prise d'une telle passion pour lui.

– J'en ai été surprise aussi. Ce qui prouve que nous connaissons bien peu nos enfants et qu'ils nous réservent parfois de fortes surprises. En l'occurrence, je n'ai pas été mécontente du choix d'Agathe. Willibad est un homme de valeur et ses qualités morales compensent son peu de fortune. Agathe sera très heureuse, je le crois.

– Et elle le mérite bien ! dit chaleureusement M. de Rüden.

VI

Une poterne, dans le mur du vieux château, donnait sur un sentier par où l'on atteignait directement la route. Au lendemain de son entretien avec M. de Rüden, Élisabeth, vers sept heures, le prit comme elle en avait l'habitude pour se rendre au village. En quelques minutes, avec une légèreté de chèvre, elle le descendit, atteignit la route et franchit le vieux pont de pierre qui enjambait la rivière. Le long de celle-ci, un chemin ombragé de hêtres menait à Sauvin-le-Béni. Élisabeth croisa quelques paysans, reçut le bonjour de femmes debout au seuil des logis, presque tous vieux et entourés de petits jardins fleuris. Elle répondait aimablement, avec un sourire amical, toute différente de la fillette rétive et sans grâce que d'autres voyaient seulement en elle. On l'aimait, dans le village, on ignorait le jugement que portait sur elle Mme de Rüden et la malveillance qu'elle éveillait dans l'esprit de ses relations à l'égard de sa belle-fille. Ou, si quelque écho en était parvenu, on dédaignait d'y attacher de l'importance, Élisabeth ayant hérité de la sympathie qu'accordaient à Daphné les gens du pays et bénéficiant d'une vague méfiance envers Judith, en dépit des sourires et de la générosité de la belle châtelaine.

À la fenêtre d'une petite maison presque couverte de vigne vierge, une femme aux cheveux grisonnants battait un tapis. Elle salua Élisabeth qui s'arrêta en disant :

– Bonjour, Émilie.

Un sourire plissa les joues rondes et bien en chair d'Émilie Vallès, l'ancienne femme de chambre de Montparoux, au temps où Daphné en était la châtelaine.

– Toujours matinale, mademoiselle Élisabeth !

– Pas tellement, car la messe est certainement commencée. Je me sauve, ma bonne !

Les petits yeux bleus d'Émilie, si vifs sous leurs paupières un peu gonflées, suivirent la mince forme vêtue de noir qui commençait de monter le chemin étroit conduisant à l'église. Celle-ci était bâtie sur une plate-forme rocheuse où, autrefois, s'élevait un prieuré de cisterciens. De cette époque, il ne restait qu'elle et un logis voisin qui servait de presbytère. Construite au début du XIIIe siècle, elle dressait au-dessus du village ses belles lignes ogivales, la grâce légère de son clocher.

Élisabeth passa sous le porche, où des saints processionnaient dans la pierre, allant, le visage levé, en extase, vers un christ glorieux assis sur un trône, entouré d'anges. Quand elle eut poussé un battant de bois, elle se trouva dans la pénombre tiède où chuchotait la voix du célébrant debout devant l'autel.

Elle s'agenouilla sur un des derniers bancs, mit son visage entre ses mains et se recueillit un instant, autant du moins que le lui permettait cette agitation intérieure qui l'avait empêchée, cette nuit, de trouver le sommeil. Quand elle releva la tête, son regard erra sur l'assistance restreinte : quelques femmes du village, Florestine et, sur le banc des Groussel, Abel, le jeune infirme, et sa sœur Catherine.

À l'autel, l'abbé Forgues élevait entre ses mains le calice qu'une pâle flèche de lumière, traversant un vitrail, faisait étinceler. Élisabeth s'efforçait d'arrêter son attention sur les saints mystères qui s'accomplissaient devant elle. Mais elle ne pouvait éloigner de son esprit cette pensée qu'il lui faudrait quitter Montparoux, aller vivre chez ces parents inconnus, des étrangers pour elle, à tout point de vue.

Adélaïde disait que sir Montagu était un homme droit et bon, qu'il avait beaucoup aimé sa sœur, mais n'avait pas approuvé son mariage avec le comte de Rüden, d'où une certaine froideur dans leurs rapports, à dater de ce moment. Devenu veuf, avec un fils et une fille, il vivait presque toute l'année dans son domaine de Morton-Court.

– Vous ne serez pas malheureuse chez lui, bien sûr, ma petite fille, avait ajouté Adélaïde.

Pas malheureuse ? Qu'en savait-elle ? En tout cas, ce ne serait pas Montparoux, son vieux Montparoux. Il lui faudrait s'accoutumer à une existence nouvelle, tellement différente, certainement, et dont s'effrayait à l'avance sa sauvagerie d'enfant délaissée, habituée à la solitude et à une vie simple, sans guère d'autre discipline que celle imposée avec discrétion par l'abbé Forgues, qui savait manier cette âme un peu fermée, ardente et sensible, mais vite repliée sur elle-même, en même temps que toute vibrante de jeune intransigeance.

– Peut-être trouverez-vous là des affections qui vous manquent ici, disait encore Adélaïde.

Chère Adélaïde ! Elle avait, certes, plus d'illusions qu'Élisabeth sous ce rapport. Sir Montagu jugeait bon, par esprit de famille, de s'intéresser quelque peu à sa nièce, mais il ne faisait là qu'accomplir un devoir et l'on ne pouvait loyalement lui demander davantage.

La clochette de l'enfant de chœur tinta. Élisabeth joignit les mains. Quelles distractions, mon Dieu ! Mais son cœur éprouvait un tel émoi à la perspective de ce départ ! Elle n'était qu'une pauvre petite fille, bien imparfaite, qui demandait pardon au Seigneur et lui disait bien simplement tout son chagrin, tandis que le prêtre élevait la pure hostie dans ce mince rayon de lumière que le vitrail nuançait de pourpre claire.

Par un effort de volonté, Élisabeth put se recueillir jusqu'au moment où l'abbé Forgues se détourna pour prononcer l'*Ite missa est*. Son attention s'égara alors, cette fois, vers le banc des châtelains d'Aigueblanche. Catherine se détournait, semblant chercher

Première partie

quelqu'un derrière elle. Élisabeth entrevit son visage bruni, ses yeux vifs d'enfant bien portante. Puis elle la vit se pencher à l'oreille de son frère. Abel se souleva, aidé par elle, prit les béquilles qu'elle lui tendait. Tous deux quittèrent le banc. Derrière elle, Élisabeth entendit un bruit de pas. En tournant la tête, elle vit Willibad qui semblait attendre son frère et sa sœur.

Il les avait probablement conduits en voiture et revenait les prendre après quelques courses aux environs. Élisabeth, n'ayant pas le désir de les rencontrer, s'attarda à l'église où demeurait seule Florestine, absorbée dans son action de grâces. Le menton appuyé sur ses mains entrelacées, elle regardait l'autel et songeait que là, dans peu de temps, l'abbé Forgues célébrerait la messe nuptiale pour l'union de Willibad et d'Agathe. Une blonde mariée au teint de rose pâle, aux yeux couleur de beau ciel, serait agenouillée près du jeune comte Rüden-Gortz. Agathe et Willibad... dans trois semaines... Élisabeth serra les doigts si fortement que les ongles entrèrent un peu dans la chair. Elle songea avec une sourde impatience contre elle-même : « Qu'est-ce que cela peut me faire ? Willibad n'est rien pour moi, rien qu'un étranger hostile. »

Puis elle courba la tête pour une dernière prière avant de se lever. Près du bénitier, elle se rencontra avec Florestine. La femme de chambre s'inclina et ouvrit devant elle le battant de la porte. Élisabeth rencontra ce regard doux et grave où semblait demeurer quelque pur mystère. Elle dit impulsivement :

– Florestine, je vais quitter Montparoux. Mon père m'envoie en Angleterre, chez mon oncle.

– Ah ! mademoiselle, vous devez en avoir bien de la peine !

– Beaucoup de peine. Priez pour moi, Florestine !

– Je le fais tous les jours, mademoiselle.

Elles se trouvaient sous le porche. Au-dehors attendait une voiture d'apparence quelque peu usagée. À l'intérieur était assis Abel de Groussel, et, près de la portière, se tenait Willibad.

Élisabeth eut un léger mouvement de recul. Puis elle s'avança et tendit la main à son cousin qui disait froidement :

– Ah ! bonjour, Élisabeth.

Il ajouta, d'un ton qu'elle jugea ironique :

43

– Eh bien ! il paraît que vous allez faire connaissance avec l'Angleterre ?

Elle riposta :

– Vous en êtes déjà informé ?

– Agathe me l'a appris hier soir. Ce sera une excellente chose pour vous.

– C'est votre avis, mais non le mien.

– L'avis d'une enfant comme vous ne compte guère.

– Je le sais bien. Et je ne manquerai à personne, ici.

Dans la voix brève qui parlait ainsi, une note d'amertume passa, que perçut probablement Willibad, car il regarda avec plus d'attention le jeune visage raidi, les yeux couleur d'automne, assombris par une soudaine tristesse.

– Laissez-moi vous dire, Élisabeth, que vous ne faisiez pas ce qu'il fallait pour cela. Ni ma mère ni moi n'aurions demandé mieux que d'avoir avec vous des relations plus cordiales. Mme de Rüden et Agathe souhaitaient de vous aimer...

Une sorte de rire s'étrangla dans la gorge d'Élisabeth. Pendant quelques secondes, son regard exprima un ironique mépris. Puis il redevint grave, presque douloureux.

– Quand vous les connaîtrez mieux, Willibad, vous vous souviendrez de ce que vous me dites là.

Catherine, à ce moment, venait vers la voiture, un paquet à la main. Élisabeth échangea quelques mots avec elle, avec Abel, dont les yeux bleus, si lumineux dans la pâleur maladive du visage, la considéraient avec intérêt. Puis elle s'en alla vers le presbytère. La vieille maison, en cette mi-septembre, disparaissait à demi sous la vigne vierge. Élisabeth poussa la porte entrouverte, entra dans le vestibule voûté. Au seuil d'une porte parut la mère de l'abbé Forgues, septuagénaire au paisible et souriant visage.

– Bonjour, Élisabeth ! Vous voulez voir M. le curé ? Il déjeune ; attendez-le ici quelques minutes.

Élisabeth la suivit dans une pièce qui était le bureau du curé. Une bibliothèque, une grande table de chêne et quelques sièges en composaient le mobilier. Le plafond à poutrelles, la cheminée de pierre sculptée, dataient de l'époque où avait été construit ce logis, demeure du prieur. Une porte vitrée, ouverte, laissait voir le jardin encadré de charmilles. Quelques roses, des dahlias aux chaudes nuances, des asters couleur de rouille, fleurissaient les étroits parterres entre les rangées de poiriers. La fraîche brume matinale commençait à laisser entrevoir le soleil. Élisabeth, appuyée au chambranle de la porte-fenêtre, aspirait l'air très pur qui apportait jusqu'ici le subtil parfum de la montagne. Mais elle se détourna en entendant la porte qui s'ouvrait. L'abbé Forgues entra : grand, maigre, la figure émaciée sous les cheveux gris.

– Vous m'apportez déjà votre version, Élisabeth ?

– Non, elle n'est pas finie. C'est pour autre chose que je viens.

Les yeux observateurs du prêtre scrutèrent la physionomie un peu altérée. Puis l'abbé s'assit à son bureau et Élisabeth prit place en face de lui. Sans préambule, elle dit, la voix légèrement frémissante :

– Mon père m'a appris hier qu'il m'enverrait bientôt chez mon oncle, sir Montagu Meldwin, et que j'y resterais pour terminer mon éducation.

– Ah !

Il n'y avait pas de surprise dans le ton de l'abbé Forgues. Pas de contrariété non plus. Élisabeth le sentit aussitôt. Elle eut un éclair dans les yeux, une contraction des lèvres. Sans un mot, elle regardait le prêtre qui, les mains croisées sur le bois ciré du bureau, la considérait pensivement.

– Ce ne sera pas une mauvaise chose pour vous, mon enfant.

Elle bondit presque sur sa chaise.

– Vous me dites cela !... vous, vous, monsieur le curé !... vous qui savez combien j'aime Montparoux et quel chagrin ce sera pour moi de le quitter !

– Je vous le dis parce que c'est ma conviction. Il est bon que vous changiez d'atmosphère, Élisabeth. Il y a autre chose dans le monde que Montparoux, si cher qu'il vous soit. Votre instruction doit être poussée davantage, vous devez en outre apprendre ce qui est nécessaire en fait d'éducation à une jeune fille de votre rang. Il n'est pas mauvais non plus, pour bien des raisons, que vous entriez en contact avec la famille de votre mère.

L'abbé se tut un instant, regardant toujours le visage frémissant où la surprise, l'irritation, avaient fait monter une vive rougeur. Puis il reprit, la voix plus lente, avec un accent d'autorité :

– En outre, je m'inquiète de voir en vous cette... hostilité si forte à l'égard de votre belle-mère et de sa fille. Qu'elles ne vous soient pas sympathiques, soit ! Mais il y a autre chose... J'ai parfois eu l'impression, Élisabeth, qu'il y avait en vous presque de la haine.

Élisabeth tressaillit. Le sang disparut de son visage et elle regarda le prêtre avec une sorte d'effroi.

– De la haine ?

Sa voix tremblait.

– ... Je... oh ! je les déteste seulement à cause de leur hypocrisie ! Vous le savez bien, monsieur le curé !

– Vous le croyez peut-être. Mais je vous sens là sur une pente dangereuse. Vous êtes une nature loyale, vous avez horreur du mensonge et je vous en félicite. Mais ce que je ne voudrais pas voir en vous, c'est une inimitié s'adressant personnellement à Mme de Rüden et à sa fille. Or je crains que vous ne vous y laissiez entraîner, en toute bonne foi, évidemment. Mais il est de mon devoir de vous en avertir.

Élisabeth songea un moment. Un léger pli barrait son front. Elle dit enfin :

– Oui, peut-être... Leur seule vue éveille en moi je ne sais quelle révolte...

– Voilà pourquoi je suis satisfait de vous voir quitter Montparoux pour quelque temps. Lorsque vous reviendrez, vous serez une jeune fille, vous aurez appris – je l'espère du moins – à dominer vos impressions dans le contact avec vos parents, vos compagnes d'étude, les relations de votre famille. Ainsi pourrez-vous reprendre avec une âme plus sereine les rapports obligatoires avec votre belle-mère.

Élisabeth secoua la tête.

– Je ferai certainement mon possible pour cela, mais je sais à l'avance que tout sera inutile, car Mme de Rüden me hait et cherchera toujours à me nuire.

– Élisabeth, vous allez trop loin...

– Trop loin ?

Elle se levait d'un élan et appuyait ses mains au bord de la table en penchant vers le prêtre son visage animé par une puissante émotion.

– ... Ah ! je la sens tellement, cette malveillance, cette haine qui rôde, qui me guette ! Elle m'a pris mon père, elle a écarté de moi mes cousins d'Aigueblanche... Et je suis sûre qu'elle a dû faire du mal à ma mère !

L'abbé Forgues tressaillit légèrement.

– Pourquoi vous imaginez-vous cela, mon enfant ?

– Je l'ai compris parce qu'Adélaïde n'a jamais voulu me répondre franchement à ce sujet. D'ailleurs, comment ne l'aurait-elle pas détestée, puisqu'elle était belle et bonne ?... Et vous devez le savoir, vous, monsieur le curé, ce que maman a souffert ?

Le visage du prêtre parut se fermer, tandis que sa voix grave et nette répondait :

– Cela est du passé, Élisabeth, et un passé qu'il est inutile d'évoquer. Votre mère jouit maintenant de l'éternelle allégresse promise à ceux qui ont supporté avec une courageuse foi leurs épreuves terrestres. Ce qu'elle vous demande, c'est de l'imiter, car elle fut une âme pure et droite et elle sut pardonner.

Puis, sans doute désireux de changer de sujet, l'abbé s'informa si Adélaïde accompagnerait son élève, demanda si Mme de Rüden avait indiqué une date pour le départ. Élisabeth prit congé de lui quelques instants après. Il demeura un moment immobile au seuil de son bureau, la mine pensive. Sa longue main maigre passait et repassait machinalement sur le menton fraîchement rasé. Il eut un léger hochement de tête en murmurant :

« Elle comprendra peut-être, plus tard, mais elle saura mieux supporter cette révélation. »

VII

Le départ d'Élisabeth était fixé aux premiers jours d'octobre. Adélaïde, avec l'aide d'Aglaé, s'occupait hâtivement de lui confectionner un modeste trousseau, pour lequel M. de Rüden lui avait remis quelques centaines de francs. Élisabeth elle-même y mettait la main, car elle était adroite et vive ; mais elle passait néanmoins une partie de ses journées à parcourir le parc et les environs de Montparoux, pour ne rien perdre du peu de temps qui restait avant qu'elle les quittât. Elle s'en allait le long des combes fraîches, s'asseyait au bord des ruisseaux torrentueux, dans la chaude lumière de cette belle fin d'été. Ses yeux se reposaient sur la beauté un peu sévère des paysages, qui s'accordait à la précoce gravité de son esprit, aux secrètes ardeurs de son âme. Puis elle revenait vers Montparoux, le cœur serré, en se disant : « Bientôt, je ne le verrai plus. »

Son court entretien avec l'abbé Forgues lui avait cependant apporté un apaisement. Non tout aussitôt, car elle avait d'abord éprouvé une vive amertume de l'approbation que le prêtre donnait à la décision de son père. Mais il y avait en elle trop de droiture pour qu'elle n'en reconnût pas le bien-fondé, d'autant mieux qu'elle accordait une confiance entière à cet esprit sacerdotal réfléchi, pondéré, un peu froid d'apparence, qui l'avait toujours dirigée avec justesse et prudence. Elle s'était donc résignée, décidée au courage, enfermant en elle son chagrin devant Adélaïde, qu'elle devinait assez satisfaite de revoir Morton-Court où elle avait passé des jours heureux avec Daphné, son élève.

Huit jours avant son départ, comme elle finissait de déjeuner avec la vieille demoiselle, Blanche, la femme de chambre de Judith, se présenta, envoyée par M. de Rüden qui intimait à sa fille l'ordre de faire ce jour même une visite de départ à Mme de Groussel.

– M. le comte m'a chargée de recommander à Mademoiselle de s'habiller convenablement, ajouta la messagère.

Élisabeth toisa celle qui lui parlait ainsi, cette grande femme brune de teint et de cheveux, dont la physionomie impassible et les yeux glacés lui étaient si complètement antipathiques.

– Vous direz à Mme de Rüden que je n'ai pas du tout l'intention d'aller nu-pieds à Aigueblanche.

Blanche eut une sorte de rictus en répliquant froidement :

– Je le lui dirai, mademoiselle.

Elle sortit, et tout aussitôt Élisabeth se leva de table en murmurant :

– Cette femme a des yeux affreux ! Je déteste la regarder.

– C'était aussi l'impression de votre mère, dit Adélaïde. Quinze jours avant sa mort, comme Émilie était malade, M. de Rüden l'avait obligée d'accepter l'offre de Mme de Combrond, qui proposait que sa femme de chambre, dont elle n'avait guère besoin chez

Mme Piennes, vînt faire le remplacement. Mais elle évitait de la regarder, tellement ces yeux semblables à une eau gelée lui étaient insupportables. Cependant, elle reconnaissait que son service était irréprochable et qu'elle se montrait fort complaisante. Mais elle avait hâte de retrouver la bonne figure d'Émilie. Hélas ! elle ne devait plus la revoir !

Une heure plus tard, Élisabeth et Adélaïde descendaient l'escalier de la tour. Au rez-de-chaussée de celle-ci, une porte donnait dans une galerie ornée de bustes en marbre et de vieilles tapisseries, par laquelle on arrivait directement au vestibule du château neuf. De là, on descendait par trois marches de pierre dans la cour d'honneur, au centre de laquelle des parterres fleuris de bégonias pourpres entouraient un bassin rond. Dans l'eau moirée de lumière à ces premières heures de l'après-midi, se mirait une mélancolique jeune femme qui représentait quelque personnage de la mythologie, on n'avait jamais su lequel. Un vieux jardinier binait un des parterres. Au passage d'Élisabeth et de sa compagne, il redressa un peu son dos voûté, montrant un sec visage terreux. Ses yeux clignotèrent, sa bouche tordue marmotta un vague : « Bonjour, demoiselles. »

– Bonjour, père Anselme, dit Élisabeth.

Et quand elle eut dépassé l'homme, elle ajouta à mi-voix :

– Quel drôle de bonhomme ! Il a un peu une tête de hibou, ne trouvez-vous pas, Adélie ?

– En effet. Et il lui arrive de travailler la nuit, paraît-il quand il y a un peu de lune pour l'éclairer. Le pauvre homme a toujours été assez bizarre, mais c'est un bon jardinier.

Encadrant la cour, des bâtiments bas, aux toits d'ardoise, servaient de communs. À l'extrémité de l'un d'eux, près de la belle grille forgée, logeait le portier. Cet office était maintenant rempli par Damien et sa sœur Aglaé, à qui M. de Rüden avait offert de remplacer le précédent titulaire, devenu trop âgé. Damien continuait, comme du vivant de la vieille comtesse, de préparer les repas pour Calixte, pour Élisabeth et Adélaïde, tandis qu'Aglaé venait parfois aider cette dernière au ménage.

La route, le long de la rivière, était encore à l'ombre, et l'eau proche envoyait jusqu'à elle un peu de sa fraîcheur. À deux kilomètres du village, Élisabeth et la vieille demoiselle prirent un chemin plus étroit. Elles longèrent le mur et la grille de Branchaux, le château de Mme Piennes, cette cousine chez qui Judith, alors vicomtesse de Combrond et veuve, venait autrefois passer quelques semaines de vacances. Puis la route s'élevait un peu, entre les bois de hêtres, jusqu'à l'entrée d'Aigueblanche.

Deux vieux piliers de pierre grise se dressaient de chaque côté. Il n'y avait pas de barrière. On entrait librement dans l'allée herbeuse, dans l'ombre des ormes centenaires qui formaient quatre rangées, à droite et à gauche, laissant entrevoir seulement les prairies parsemées de bosquets qui leur faisaient suite. Dans un fossé profond, coulait une eau claire venant d'une source jaillie dans le parc, laquelle avait donné son nom au domaine. Tout au bout de l'allée, séparée d'elle seulement par une cour pavée entre deux balustrades verdies, se dressait la longue maison grise, couverte de glycine et de chèvrefeuille, avec sa tourelle avançant entre les deux corps de logis. Une voûte, à la droite du rez-de-chaussée, faisait communiquer la cour avec le jardin situé derrière le château, et où se trouvaient aussi les communs.

Élisabeth sonna à la porte de la tourelle. Une servante accorte, bien tenue, introduisit les visiteuses dans le salon où se tenait habituellement la famille, grande pièce ouvrant par trois fenêtres sur le jardin, garnie de vieux meubles et de tentures en toile de Jouy fanée.

Mme de Groussel écrivait à son bureau. Abel, dans son fauteuil d'infirme, soignait la patte d'un des chiens de Willibad, sur laquelle était passée une voiture. Élisabeth, qui aimait tant les bêtes, lui offrit aussitôt de l'aider. Ainsi échappait-elle à la conversation avec Mme de Groussel, dont l'accueil manquait de cordialité. Celle-ci s'entretint avec Adélaïde de l'Angleterre, où elle avait passé quelque temps dans sa jeunesse. Puis elle fit apporter des rafraîchissements. Comme Élisabeth, ayant pansé le chien avec une habileté dont lui fit compliment Abel, s'asseyait près du jeune garçon, Mme de Groussel lui dit avec un sourire où passait quelque ironie :

– Puisque Catherine n'est pas là, si vous la remplaciez pour nous servir ce goûter, ma petite ?

– Je ne demande pas mieux, madame.

Vive, adroite, avec de souples mouvements pleins de grâce,

Élisabeth versa le sirop fait par la châtelaine, très experte ménagère, présenta les gâteaux confectionnés par Catherine. Mme de Groussel la suivait des yeux avec une évidente surprise. Elle dit à mi-voix, s'adressant à Adélaïde :

– Je la croyais brusque et maladroite, cette petite sauvage. Elle s'en tire vraiment fort bien ! Et je n'avais jamais remarqué les jolies mains qu'elle a.

– C'est un héritage maternel, dit Adélaïde.

La pauvre chère Daphné avait des mains admirables, si vous vous en souvenez ?

– C'est exact. Mais, par ailleurs, Élisabeth ne lui ressemble pas ; elle a plutôt le type Rüden. Il est très heureux que son père se soit décidé à l'envoyer en Angleterre. Ce séjour là-bas sera excellent pour elle.

Décidément, tout le monde était de cet avis, sauf Abel, comme Élisabeth l'apprit un peu plus tard quand, Mme de Groussel ayant emmené Adélaïde dans le jardin pour voir ses dahlias, Élisabeth se trouva seule avec son fils.

– Cela doit vous ennuyer beaucoup de quitter Montparoux ? demanda-t-il.

Il vit se rembrunir la physionomie d'Élisabeth.

– Beaucoup, en effet, dit-elle brièvement.

– Il y aurait eu, me semble-t-il, d'autres solutions vous permettant de terminer votre éducation sans quitter ce pays.

– Évidemment. Mais qui donc se soucie que je sois plus ou moins loin ? Je suis une très désagréable personne, vous ne l'ignorez pas, Abel, et l'on m'exile, tout simplement.

L'ironie ne voilait pas une certaine âpreté dans l'accent. Abel, pendant un moment, la considéra en silence. Puis il demanda :

– Ainsi, vous ne serez pas là pour le mariage d'Agathe ?

Les lèvres d'Élisabeth frémirent un peu, avant de s'entrouvrir pour répondre froidement :

– Sans doute n'a-t-on aucun désir de m'y voir, puisqu'on me fait partir avant. Et cela s'accorde trop bien avec mes propres sentiments pour que je ne m'en réjouisse pas.

– Vous n'aimez pas Agathe ?

– Non.

La brusque franchise de la réponse ne parut pas choquer Abel. Il s'enfonça un peu plus dans le fauteuil, ferma à demi les paupières. Élisabeth considérait avec sympathie ce mince visage pâli. Bien qu'elle le connût peu, elle avait toujours l'impression, en sa présence, qu'une vie spirituelle de qualité rare habitait ce corps souffrant.

Elle rencontra tout à coup le regard pensif de ces yeux bleus que ne cachait plus l'ombre des paupières.

– Pourquoi ?

Cette fois Élisabeth ne répondit pas. Elle reprenait son visage fermé, un instant abandonné tandis qu'elle causait avec Abel.

De ses doigts maigres, celui-ci tapotait l'appui du fauteuil. Il regardait maintenant vers le petit parterre fleuri qui s'étendait devant cette façade, précédant le parc touffu et sauvage.

– Je me demande si Willibad sera heureux.

Il semblait se parler à lui-même. Une note d'angoisse perçait dans sa voix.

– ... Je ne sais quoi, chez elle... oui, quelque chose ne va pas...

Élisabeth, les yeux baissés, croisait sur sa robe noire des mains qui tremblaient un peu. Elle dit avec une sorte de petit rire agressif :

– Puisqu'elle plaît à votre frère, que voulez-vous de plus ? Elle est jolie, elle a de la fortune...

– La fortune, ce n'est pas tout, pour Willibad.

– Ce n'est pas tout, mais c'est peut-être beaucoup...

Il tourna vivement la tête vers elle.

– Beaucoup ? Je ne crois pas. Si Agathe ne lui plaisait pas, il n'aurait point accepté de l'épouser.

– Alors tout est pour le mieux, dit sèchement Élisabeth.

Mme de Groussel et Adélaïde rentraient à cet instant. Les visiteuses prirent congé. Mme de Groussel embrassa Élisabeth en lui souhaitant de revenir transformée « en une jeune fille parfaite comme Agathe ». À quoi Élisabeth riposta avec ironie :

– Je suis bien certaine de vous décevoir sur ce point, ma cousine.

Aussitôt fut effacée la meilleure impression produite par elle jusque-là. Elle vit se pincer les lèvres fines, et devenir froidement désapprobateurs les yeux d'un bleu de lavande.

– Hélas ! je le crains, en effet !

Elles se séparèrent sur ces mots. Abel suivait d'un regard pensif Élisabeth qui sortait du salon. Mme de Groussel dit avec un accent de dédain :

– Quelle nature peu intéressante ! Je crains qu'il ne soit bien tard pour la redresser.

– Peu intéressante ? Vous trouvez, maman ? Elle me semble, au contraire, singulièrement intelligente, et l'on sent chez elle une loyauté, une droiture... C'est une chose si terrible, la fausseté !

Sans doute frappée par le ton de son fils, Mme de Groussel le regarda avec quelque surprise. Elle vit un peu d'angoisse dans les yeux graves. Mais il n'était pas dans sa nature d'approfondir les pensées d'autrui, fût-ce celles de ses enfants. En se dirigeant vers son bureau pour reprendre l'occupation interrompue, elle dit seulement :

– Oh ! que peux-tu connaître d'elle, mon petit Abel ?

Ce soir-là, quand Élisabeth fut rentrée dans sa chambre, après avoir souhaité le bonsoir à Adélaïde, elle demeura un long moment devant le portrait de sa mère. Un pastelliste l'avait représentée en blanche toilette de soirée, avec des roses pourpres au corsage et dans ses cheveux blonds. Il avait su rendre la finesse des traits, la délicatesse du teint, la rêveuse douceur des yeux bruns. Ces yeux regardaient Élisabeth qui songeait : « Oh ! maman, vous avez l'air de me plaindre ! Vous me manquez tant, chère, chère maman ! »

Dans quelques jours, elle connaîtrait la famille de Daphné : son frère, sir Montagu Meldwin, homme froid et bon, disait Adélaïde, ses neveux, un garçon et une fille. Dans quelques jours, elle serait à Morton-Court, le domaine où Daphné avait passé une grande partie de sa jeunesse. Par Adélaïde, elle le connaissait déjà, et peut-être y retrouverait-elle mieux le souvenir de sa mère que dans ce Montparoux qu'elle avait habité seulement pendant les mois d'été, ce Montparoux qu'elle n'aimait pas.

À l'étage au-dessus, le violon de Calixte gémissait. Élisabeth s'approcha de la fenêtre. La lune, en son plein, éclairait fantastiquement la vallée endormie, les sapins immobiles et noirs qui se pressaient le long des pentes, jusqu'au sommet des hauteurs.

Un soir de lune... Un soir comme celui-ci, Daphné de Rüden était sortie du château, avait gagné le parc, et puis...

Élisabeth frissonna. La belle nuit claire lui parut tout à coup sinistre. Une deuxième plainte déchirante, échappée au violon de Calixte, tendit ses nerfs à tel point que les larmes lui montèrent aux yeux.

– Maman ! dit-elle tout bas.

Ses yeux erraient sur la vallée endormie, sur les bois silencieux. Vers la droite, le château d'Aigueblanche se cachait derrière ses beaux vieux ormes. Mme de Groussel avait songé naguère à les faire abattre, dans un moment de plus grande gêne. Mais un tel sacrifice lui serait épargné, maintenant que son fils aurait la fortune d'Agathe.

Étrange Willibad ! Cet après-midi, en quittant Aigueblanche, Élisabeth et Adélaïde l'avaient rencontré, qui revenait avec sa sœur Catherine d'une promenade à cheval. Tous deux avaient dit adieu à Élisabeth, Catherine avec sa cordialité habituelle, lui froidement, de cet air lointain qu'on lui voyait souvent. Puis, comme Adélaïde lui offrait ses vœux de bonheur à l'occasion de son prochain mariage, il lui avait répondu par un sec : « Merci. » Et – avait-elle rêvé cela ? – Élisabeth avait cru voir dans son regard, tourné vers elle l'espace d'une seconde, une étrange expression : perplexité, angoisse, doute anxieux ?

Depuis un moment, le violon de Calixte se taisait. Devant la belle nuit silencieuse, claire et fraîche, l'âme d'Élisabeth s'apaisait un peu. Joignant les mains, elle fit sa prière du soir, les yeux tournés vers l'église dressée sur la plateforme rocheuse, un peu au-dessus du village. Cher paysage familier, que bientôt elle ne verrait plus...

Elle s'écarta de la fenêtre, d'un vif mouvement, et, prenant au passage une écharpe jetée sur un siège, elle s'en alla vers la porte. Puisqu'elle quitterait bientôt Montparoux, il lui fallait contenter ce soir un désir irréalisé jusqu'alors : elle voulait voir le parc et l'étang au clair de lune.

Sans bruit, pour ne pas éveiller l'attention d'Adélaïde, elle se glissa hors de la tour. Au-dehors, elle se trouva dans une atmosphère de rêve. Les vieux bâtiments sombres, les parterres, la terrasse avec son miroir d'eau donnaient l'impression d'une fantasmagorie.

Dans le parc, des coulées de lumière argentée se glissaient parfois entre les feuillages, éclairant la pénombre de l'allée où s'engageait Élisabeth. Bien qu'elle ne fût pas peureuse, elle préférait prendre, à cette heure, le plus court chemin au lieu des petits sentiers qu'elle choisissait à l'ordinaire. Elle passa devant une ancienne maison forestière, au bord d'une étroite clairière, où habitait le vieux jardinier Anselme depuis bien des années. Le sol feutré de mousse amortissait le bruit des pas. Une fraîcheur humide, aux senteurs déjà automnales, venait des sous-bois touffus que la lumière nocturne n'atteignait pas. L'allée tourna, se rétrécit, et la pièce d'eau apparut, paisible, brillante, mystérieuse.

Élisabeth s'arrêta un moment, le cœur oppressé. Depuis qu'elle était sortie de la tour, dans le parterre, à travers le parc, le long de ce chemin suivi autrefois par Daphné, elle avait marché avec le clair fantôme de sa mère à ses côtés. Un doux, charmant fantôme. Ainsi, un soir comme celui-ci, Daphné avait foulé ce même sol, elle avait senti ces frais arômes des bois, elle s'était trouvée devant cette eau semblable à un sombre acier poli, dans le cadre obscur de la forêt.

Et puis elle était allée vers la berge, à cet endroit où flottaient les beaux nénuphars blancs et jaunes, et...

Un cri s'étouffa dans la gorge d'Élisabeth. Du pavillon au bord de l'étang venait de sortir une femme vêtue de noir. Elle s'en allait le long de la berge, à pas lents. Élisabeth ne voyait pas son visage, mais elle distinguait maintenant sa taille déviée, son dos contrefait. Calixte de Rüden, selon sa coutume, se promenait dans la nuit déserte, qui dérobait à tous la vue de son infirmité.

Elle s'arrêta non loin de l'endroit où se découpait, sur l'eau immobile, le feuillage stagnant des nénuphars. Ici, un plus vif rayon de lune tombait sur elle et son profil se découpait, net, sculptural, d'une blancheur de marbre. Élisabeth n'avait jamais eu l'occasion de voir sa tante, mais elle savait qu'elle était très belle de visage. Elle pouvait en juger ce soir, dans le court instant pendant lequel Calixte demeura là, regardant l'eau paisible, comme glacée par la lumière bleuâtre, qui avait tué sa belle-sœur.

Puis Mlle de Rüden continua de marcher le long de la berge. Élisabeth suivit un instant des yeux sa silhouette déformée. Une grande pitié la pénétrait pour cette femme murée dans sa souffrance, dans son farouche et volontaire isolement. Une orgueilleuse, une révoltée... oui, sans doute. Une âme malheureuse, bien certainement.

Mais la pensée d'Élisabeth s'éloignait maintenant de Calixte, revenait à sa mère, et pendant quelques instants elle évoqua, avec une tragique intensité, le drame qui avait terminé la vie de Daphné, par une belle nuit limpide semblable à celle-ci.

Calixte revenait sur ses pas. Alors Élisabeth s'enfonça dans l'ombre de l'allée pour reprendre le chemin du retour, afin de ne pas troubler cette farouche solitude.

Deuxième partie

I

Le petit cabriolet à carrosserie grise acheva de gravir la route qui menait de Sauvin-le-Béni à Montparoux et s'arrêta devant la grille. Un chien aboya. Une porte s'ouvrit à droite, dans les communs, et un homme parut sur le seuil.

– Ah ! c'est Mademoiselle ! dit-il.

Il vint à la grille et l'ouvrit. La voiture entra dans la cour. Élisabeth, qui tenait le volant, demanda :

– Y a-t-il de la place dans le garage, Damien ?

– Toute la place, mademoiselle. Le château est inhabité pour le moment.

Une partie des communs, à gauche, avait été transformée en garage. Quand Adélaïde, assise près d'elle, fut descendue, Élisabeth y installa sa voiture, puis rejoignit la vieille demoiselle et Damien.

– Tout va bien, ici, Damien ?... Et Aglaé ?

– Elle est descendue au village, mademoiselle. Il fallait faire quelques provisions puisque Mademoiselle avait annoncé son arrivée.

Il avait peu vieilli en apparence, ce Damien qui avait toujours donné à Élisabeth l'impression d'un sarment desséché. Son visage couleur de buis restait impassible comme autrefois ; mais quelque surprise paraissait dans le regard attaché sur Élisabeth, si différente de la petite fille qui était partie six ans auparavant de Montparoux.

Cette svelte jeune fille, souple et fine, était vêtue avec une correcte simplicité qui n'excluait pas une note d'élégance. Sous le petit feutre gris, orné d'une plume verte, les belles boucles brunes étaient maintenant disciplinées, encadrant harmonieusement l'ovale étroit du visage, faisant valoir la blancheur mate du teint.

– Alors, il n'y a personne au château, Damien ?

– Non, mademoiselle. Monsieur et Madame ne doivent venir qu'en juillet.

– Le comte Rüden-Gortz est-il en ce moment à Aigueblanche ?

Cette question était faite par Adélaïde.

– Je le pense, mademoiselle. M. le comte ne quitte guère la propriété. Mais Mme la comtesse y est rarement.

Les sourcils d'Élisabeth se haussèrent légèrement en signe de surprise.

– Elle ne réside pas habituellement à Aigueblanche ?

– Pas en dehors de quelques semaines d'été, mademoiselle, ou alors ce n'est que pour quelques jours. Elle habite presque toujours avec sa mère, et le petit M. Thierry aussi.

– Alors le comte Willibad vit seul ici une partie de l'année ? dit Adélaïde.

– Il le faut bien puisque Mme la comtesse ne peut supporter la campagne.

La vieille demoiselle hocha la tête en disant entre ses dents : « Le contraire m'eût bien étonnée ! » Élisabeth ne fit aucune remarque. Sa bouche avait eu un léger frémissement. Refusant l'aide de Damien, elle prit sa valise et celle d'Adélaïde et s'en alla vers le château, suivie par l'ancienne institutrice. Au passage, elle jeta un coup d'œil sur les tulipes qui fleurissaient autour du bassin rond, en songeant : « Je me demande si le vieil Anselme vit toujours. »

Les deux femmes gagnèrent la tour par la galerie aux bustes de marbre. Leur appartement était demeuré tel qu'autrefois. Élisabeth retrouvait ses vieux meubles quelque peu vermoulus, le portrait de sa mère, les sièges aux coussins usés. Accoudée à la fenêtre, elle revit la fraîche vallée, le clocher de Sauvin-le-Béni, les sapinières pressées au flanc des hauteurs, dans la fluide lumière du printemps. Son cœur se gonflait d'allégresse. Car si heureuse qu'elle eût été en

Angleterre, sous certains rapports, elle avait toujours éprouvé la sensation de l'exil et secrètement aspiré à ce jour où elle reverrait Montparoux.

Elle n'y était jamais revenue pendant ces six années. À son oncle qui lui proposait d'y passer une partie des vacances, elle avait répondu : « Non, ce serait trop peu et j'aurais encore une trop grande peine à le quitter. » Sa volonté s'était appliquée à écarter, le plus qu'elle pouvait, le souvenir de ces lieux si chers à son cœur pendant le temps où elle devait demeurer dans le pays de sa mère. L'existence, à Morton-Court, avait d'ailleurs été douce pour elle. En sir Montagu, elle trouvait un parent d'une bonté un peu froide, mais de caractère généreux et sûr. Sa fille Alison, son fils Horace se montraient accueillants pour la jeune cousine étrangère. Entourée de bienveillance, elle s'était assez vite accoutumée à cette vie nouvelle. Avec Alison, elle suivait les cours du collège de Parlington, ville proche de Morton-Court. Elle en avait été une des meilleures élèves, un peu fantaisiste parfois, mais de compréhension vive et d'esprit réfléchi. Un an après son arrivée, il ne restait rien, en apparence, de la fillette un peu sauvage, dédaigneuse des usages et de l'élégance, dont sir Montagu disait avec une lueur amusée dans ses graves yeux gris : « C'est une jeune chèvre un peu rétive, cette enfant. »

Mais maintenant, toute l'atmosphère d'autrefois la reprenait, l'enveloppait. Elle aspirait longuement cet air natal, pur et vivifiant, froid encore en cette matinée d'avril, car la neige subsistait sur les monts à demi perdus dans la brume lointaine. Elle regardait la vallée, le village, la vieille église sur son assise rocheuse. Dès demain, elle irait voir l'abbé Forgues. Pendant son séjour en Angleterre, elle avait correspondu avec lui et il avait continué de la diriger avec la prudence, le tact qui s'unissaient chez lui à la fermeté, à une grande sûreté de doctrine. Mais il lui donnait peu de nouvelles du pays. C'était par son père, à qui elle écrivait pour chaque nouvel an, qu'elle avait appris, cinq ans auparavant, la naissance du petit Thierry, le fils de Willibad et d'Agathe.

Une porte fut ouverte derrière elle ; la voix d'Adélaïde s'éleva :

– Comment, vous avez encore manteau et chapeau, Élisabeth ! J'ai déjà défait ma valise, depuis ce temps.

Élisabeth se détourna de la fenêtre. La fraîcheur, la jeune lumière du printemps semblaient se refléter dans ses yeux. Elle dit gaiement :

– Oh ! Adélie, j'oubliais tout dans mon bonheur de revoir le cher paysage ! Rien ne presse, d'ailleurs. Nos bagages n'arriveront que demain. À la réflexion, j'irai cet après-midi voir M. le curé, puisque je n'ai rien à faire ici. Pendant ce temps, vous vous reposerez, chère bonne amie.

– Volontiers, car je suis un peu courbaturée. Et l'un de ces jours, il nous faudra faire une visite à Aigueblanche. D'après ce que dit Damien, nous n'y trouverons pas Agathe. Il semblerait donc qu'elle ne s'entend pas avec son mari ?

– Probablement.

La jeune gaieté des yeux mordorés s'évanouissait. Les lèvres si vivantes, d'un rose délicat, eurent un pli d'ironie en ajoutant :

– Il fallait posséder une certaine dose d'aveuglement pour penser qu'Agathe vivrait toute l'année à Aigueblanche. Les hommes intelligents eux-mêmes peuvent donc avoir aussi peu de discernement que les imbéciles ?

– Quand ils aiment, peut-être.

– Quand ils aiment ?

Une note de dédain passait dans la voix d'Élisabeth. La jeune fille eut un léger mouvement d'épaules, en murmurant avec une pensive ironie :

– Mais c'est que je me demande précisément comment un homme tel que Willibad a pu aimer une Agathe ?

Ce fut par le petit sentier, au flanc du roc qui supportait Montparoux, qu'Élisabeth s'en alla vers le village, au début de l'après-midi. Le soleil un peu voilé de la matinée s'était éclipsé, caché par un écran de nuages prometteurs de pluie. La rivière grondait, grossie par la première fonte des neiges. Passé le pont, Élisabeth croisa un paysan ; des femmes lui souhaitèrent joyeusement le bonjour. Elle entra chez Émilie, l'ancienne femme de chambre de sa mère, qu'elle trouva dans son fauteuil où la retenaient des rhumatismes. Ce furent des exclamations, des compliments : « Que Mademoiselle a donc embelli ! C'est un plaisir de la regarder ! » Puis la bonne Émilie ajouta :

– J'espère qu'on va vite trouver un bon mari à Mademoiselle ?

– Quelle idée ! Non, certes, je ne songe pas au mariage, mais uniquement à travailler.

Émilie leva les mains en signe de vive surprise.

– Travailler ? Et à quoi donc, chère petite demoiselle ?

– La peinture, les arts décoratifs. Mon oncle m'approuve. Passé l'été, j'irai m'installer à Paris en compagnie d'Adélie. Là, avec quelques recommandations que me donnera sir Montagu pour ses amis de Paris, j'espère arriver à me faire une situation convenable.

Émilie hocha la tête.

– Tout de même, une demoiselle de Rüden !

Élisabeth eut un rire léger.

– Nous sommes en un autre temps, ma bonne, et je suis bien loin d'être la seule. Encore me trouverai-je parmi les privilégiées, puisque ma grand-mère m'a laissé un certain capital dont le revenu aidera à cette nouvelle installation.

– Ah ! Mme la comtesse a... ? J'ignorais cela.

– Oui, elle m'a laissé tout ce que lui permettait la loi. Je l'ai su par mon oncle qui est mon subrogé tuteur. Mon père ne m'en avait rien dit avant mon départ pour l'Angleterre.

Cela, c'était encore une des sournoises méchancetés de Judith. Le testament de la vieille comtesse avantageant Élisabeth avait dû lui déplaire, et elle avait certainement empêché M. de Rüden d'apprendre à sa fille qu'elle aurait ainsi, à sa majorité, une certaine indépendance pécuniaire.

Élisabeth, en montant vers le presbytère après avoir pris congé d'Émilie, pensait avec reconnaissance à l'aïeule qui l'avait délaissée, presque ignorée de son vivant, mais à qui elle devait le soulagement de pouvoir se suffire à elle-même, tout au moins dans une certaine mesure. Que la vieille dame l'eût fait surtout par haine de Judith, déjà frustrée au sujet des joyaux de l'Hindoue, c'était probable, mais Élisabeth en bénéficiait. Quant à Calixte de Rüden, sa mère avait dû juger, avec raison, que ses revenus personnels suffisaient largement à son existence.

Quelques instants plus tard, Élisabeth était assise dans le bureau de l'abbé Forgues, en face du prêtre, dont le visage s'était amaigri encore, dont les cheveux avaient blanchi. Elle lui parlait de son existence à Morton-Court, de ses projets. Cette dernière année, son oncle l'avait envoyée à Londres pour suivre des cours de peinture et d'art décoratif. Il l'encourageait beaucoup, étant donné ses dispositions, à se diriger dans cette voie.

– Très bien, j'aimerais cela pour vous, dit le prêtre, d'autant mieux que vous aurez la protection de Mlle Adélaïde dans cette existence parisienne.

– Oui, chère Adélie, sa présence me sera bien précieuse. D'ailleurs, nous n'aurions pu demeurer l'hiver à Montparoux. À son âge, après le confort dont elle a joui à Morton-Court, Adélie souffrirait trop de tout ce qui manque dans notre vieille tour.

– Vous pourriez demander à habiter le château neuf ?

Le regard d'Élisabeth s'assombrit.

– Le demander à mon père… et à ma belle-mère ? Non, certes ! J'ai pris de bonnes résolutions, monsieur le curé ; je suis décidée à être correcte et conciliante, quels que soient toujours mes sentiments à l'égard de Judith. Mais je tiens à conserver ma pleine indépendance, à ne rien lui devoir, pas même une complaisance. Du reste, de toute façon, je ne pourrais me faire une situation en restant à Montparoux.

– Évidemment. À moins d'être comme Catherine de Groussel qui, depuis un an, seconde activement son frère dans la propriété.

– Catherine ? Elle habite maintenant Aigueblanche ?

– Oui, elle a suivi des cours ménagers, des cours d'horticulture en Suisse, et elle aime beaucoup les occupations de la campagne. Mme de Groussel, très fatiguée, malade même, lui abandonne peu à peu la direction de la basse-cour, du potager. Avec Willibad elle a surveillé, l'été dernier, les travaux de la moisson et elle s'initie à l'élevage. C'est une aimable nature, franche et gaie. Elle est d'un grand secours pour son frère aîné.

– Plus que sa femme ?

Une ironie un peu sèche passait dans la voix d'Élisabeth. Le prêtre eut un geste léger de la main.

– Oh ! elle ! dit-il seulement.

Il garda un instant le silence, l'air pensif, un peu soucieux. Puis il regarda Élisabeth et sourit à demi, en disant :

– Catherine serait une agréable amie pour vous, mon enfant.

– Elle me plaisait assez autrefois. Mais vous savez que j'ai une nature peu communicative, monsieur le curé. Au collège de Parlington, j'avais de bonnes compagnes, mais de vraies amies, non, pas même ma cousine Alison.

– Toujours un peu secrète, Élisabeth ?

– Toujours, oui.

Le prêtre la considérait pensivement. Dans cette physionomie de jeune fille, il retrouvait le mélange de loyauté, de mystère, de volonté ardente qui, déjà, donnait tant de caractère à celle de l'enfant. Sans doute aussi, pas plus qu'autrefois, cette âme ne se livrerait entièrement, non par manque de droiture, mais peut-être simplement parce qu'une énigme y demeurait, dont elle-même ne connaissait pas encore le mot.

Élisabeth se leva pour prendre congé, en disant qu'elle viendrait un des jours suivants avec Adélaïde, dans la petite voiture dont son oncle lui avait fait présent, afin qu'elle pût circuler aux alentours de Montparoux. Puis elle alla vers la porte et l'ouvrit au moment où un homme jeune et mince entrait dans le vestibule.

– Willibad ! dit-elle à mi-voix.

Il se découvrit en s'avançant. Un regard surpris s'attachait à elle. L'abbé, qui avait suivi Élisabeth, dit en souriant :

– Vous ne la reconnaissez pas, mon cher ami ?

– Serait-ce... Élisabeth ?

– Mais oui, c'est moi, Willibad.

Elle souriait aussi en lui tendant la main. Avec la même instantanéité qu'elle était apparue, l'émotion éprouvée à la vue de Willibad venait d'être réprimée.

– Oui, je vous reconnais à vos yeux... Nous ignorions que vous fussiez à Montparoux.

– Depuis ce matin seulement. M. le curé m'a dit que votre mère n'est pas bien portante ?

– En effet, elle nous inquiète depuis quelque temps. Il lui faut du repos. Heureusement Catherine commence à la suppléer sérieusement.

– Et Abel, comment va-t-il ?

– Toujours dans le même état, et très patient, très résigné. Nous vous verrons bientôt à Aigueblanche, je pense ?

– Ces jours-ci, j'irai avec Adélie.

– Pensez-vous rester quelque temps à Montparoux ?

– Jusqu'à l'hiver, probablement. Comme je le disais à M. le curé, il faut que je me fasse une situation par mon travail.

Ils échangeaient ces propos sur le ton banal de gens du monde se rencontrant après de longues années.

– Où cela ?

– À Paris.

– Vous habiterez chez votre père ?

– Chez mon père ? Certes non !

La réplique était jetée avec vivacité.

– ... Je suis libre, maintenant, d'avoir mon chez-moi.

– Toujours indépendante ?

Un sourire détendait les lèvres de Willibad.

– ... Je vous approuve, d'ailleurs. Dans la demeure de Mme de Rüden, vous ne trouveriez pas une atmosphère favorable au travail.

Le sourire, maintenant, devenait ironique, avec une touche de dédain.

L'abbé Forgues demanda :

– Avez-vous des nouvelles de Thierry ?

– Oui, il va un peu mieux. Demain je vais le chercher pour l'amener ici, car l'air de Paris est déplorable pour lui... Vous partiez, Élisabeth ? Si vous rentrez à Montparoux, je pourrais vous reconduire en voiture ? Je n'ai qu'un mot à dire à M. le curé.

Élisabeth remercia en déclarant qu'elle aimait mieux remonter à pied, la marche étant pour elle un plaisir. Elle prit congé du prêtre et de Willibad et, après une station à l'église, rejoignit le sentier de Montparoux. Son pas restait ferme et alerte, mais son esprit, maintenant, était distrait, et la joie de son retour à Montparoux subissait une sorte d'éclipse. Depuis l'instant où elle avait revu l'étroit visage aux traits nets et durs, les yeux foncés qui n'avaient plus la froideur dédaigneuse d'autrefois, quelque chose avait reparu en elle, qu'elle croyait si bien passé dans le domaine de l'oubli, de l'inexistant. Elle avait pensé plus d'une fois, avec un peu de mépris, que ce Willibad, le mari d'Agathe, lui serait indifférent, et voici qu'elle sentait que, de nouveau, elle pourrait le détester, tout comme la jeune Élisabeth d'autrefois.

Le détester, ou le plaindre ? Mais souffrait-il ? Était-il capable de souffrir, ce froid Willibad ?

De souffrir pour une Agathe ?

Élisabeth eut un rire d'ironie en levant les épaules et, presque en courant, elle se mit à gravir le sentier de Montparoux.

II

Si différente de l'existence de Morton-Court que fût celle dans l'inconfortable vieille tour, Élisabeth s'y adapta de nouveau avec facilité. Comme autrefois, Damien préparait les repas pour les habitantes de la tour. Aglaé aidait au ménage, ainsi qu'elle le faisait chez Calixte. Mais il y avait encore de quoi s'occuper dans ce vieux logis qui manquait de bien des commodités, d'autant plus qu'Adélaïde se fatiguait vite maintenant et que ses yeux, devenus mauvais, ne lui permettaient plus guère le travail d'aiguille. Quand Élisabeth avait accompli sa tâche quotidienne de ménagère, il lui restait néanmoins du temps pour sa peinture, pour quelque lecture, pour une promenade dans le parc ou aux environs. Elle songeait en outre à modifier par de menus détails l'arrangement de leur logis et, pour cela, quelques jours après son arrivée, elle se rendit avec Adélaïde à Lons-le-Saunier, afin d'y acheter le nécessaire.

Au retour, Damien lui apprit que Catherine de Groussel était venue en son absence.

– Nous irons demain à Aigueblanche, dit Élisabeth à la vieille demoiselle. C'est très aimable à Catherine de me devancer.

Le temps, pluvieux la veille et le matin, s'était éclairci quand elles prirent, en voiture, la route d'Aigueblanche. Des nuages pâles traînaient sur le bleu vif du ciel. Au passage, Élisabeth jeta un coup d'œil sur le château de Branchaux, dont les volets étaient clos. Mme Piennes, la cousine de Judith, n'y venait en effet qu'en juillet. Peut-être même, comme le fit observer Adélaïde, n'y viendrait-elle plus du tout, maintenant qu'elle était très malade, d'après ce que lui avait dit Damien.

Élisabeth pensa :

« Que n'a-t-elle choisi une autre résidence, autrefois ! Mon père n'aurait pas connu cette Judith et tout, alors, aurait pu être différent. »

Comme la voiture entrait dans la cour d'Aigueblanche, Catherine parut sur le seuil. Elle eut une exclamation joyeuse et vint, en souriant, au-devant des arrivantes. Avec son teint brun, ses dents éclatantes, la vive gaieté de ses beaux yeux gris, elle était une parfaite image de la santé morale et physique. Sa cordialité toute simple plut à Élisabeth. Cette Catherine qu'elle avait peu connue autrefois, d'emblée, lui inspirait de la sympathie.

Dans le salon, Abel, assis près d'une fenêtre, causait avec son frère debout devant lui. Un peu plus loin, près d'une table ronde, Mme de Groussel tricotait. Quand Catherine annonça gaiement : « Voilà Élisabeth ! » tous trois tournèrent la tête vers la porte, et Abel dit aimablement :

– Nous étions très impatients de vous voir, Élisabeth.

– Précisément, nous parlions de vous, ajouta Willibad. Abel me disait qu'il aimerait revoir le vieux Montparoux, que votre père lui a fait visiter un jour, il y a un certain nombre d'années.

Tout en parlant, il posait dans un cendrier la cigarette qu'il tenait entre ses doigts et venait vers les arrivantes, dont il serra la main. Élisabeth rencontra son regard intéressé où, décidément, il n'y avait plus trace de l'hostilité d'autrefois.

Mme de Groussel, vieillie, visiblement très fatiguée, accueillit les visiteuses fort aimablement. Élisabeth ne retrouvait pas non plus en elle la parente toujours portée à la critique, qui la jugeait avec une sévérité contre laquelle se révoltait son jeune orgueil. Elle l'interrogea avec intérêt sur sa vie en Angleterre, parut satisfaite d'apprendre qu'elle y avait été heureuse. Catherine prépara le thé, qu'Élisabeth l'aida à servir. Après cela, les jeunes gens se mirent à causer entre eux. Élisabeth, très gaie lorsqu'elle se trouvait en milieu sympathique, racontait avec humour des anecdotes qui amusaient Abel et Catherine, et amenaient un sourire sur les lèvres sérieuses de Willibad. Puis l'entretien glissa vers la littérature anglaise, que connaissaient les deux frères. Willibad, qui avait peu parlé jusque-là, émit des réflexions dont la finesse, la lucide intelligence frappèrent Élisabeth. En l'écoutant, ainsi qu'Abel, elle comprit que tous deux, et Catherine dans une limite plus modeste, se tenaient au courant du mouvement intellectuel, par goût, non par snobisme ainsi que tant d'autres.

Comme les visiteuses se retiraient, reconduites par Catherine et Willibad, un petit garçon parut dans la cour en compagnie d'une nurse. Catherine s'écria :

– Voilà Thierry ! Viens dire bonjour à Élisabeth, mon petit !

L'enfant s'approcha. Il était fin de corps et de visage ; son teint rose et blanc avait l'apparence d'une délicate porcelaine. Des boucles blondes entouraient la ronde petite figure dont les yeux couleur de ciel se levaient sur Élisabeth. Elle eut un instant d'étrange saisissement. Ces yeux... les yeux d'Agathe, les yeux angéliques. Et cette grâce déjà douceureuse avec laquelle cet enfant la saluait...

Machinalement elle tourna la tête vers Willibad. Il regardait son fils. Comme sa physionomie était dure ! Pourquoi... pourquoi le regardait-il ainsi ?

– Va maintenant prendre ton goûter, dit-il d'un ton bref.

Et, s'adressant à la nurse, il ajouta :

– Je vous ai déjà priée, Sarah, de le faire rentrer assez tôt pour qu'il puisse goûter à quatre heures et se reposer ensuite. C'est une prescription du médecin qui doit être suivie.

La mince Anglaise lui jeta un coup d'œil en dessous en répondant d'un ton pincé :

– Bien, monsieur le comte.

Catherine leva les épaules en la suivant des yeux.

– Je crois que tu auras du mal avec cette femme-là.

Il dit entre ses dents :

– Oui, on lui a trop bien fait la leçon.

Sa physionomie semblait assombrie. Il prit presque hâtivement congé des visiteuses, auxquelles Catherine recommandait encore de ne pas oublier qu'elles venaient déjeuner le dimanche suivant.

Un peu plus tard seulement, Élisabeth songea que personne, cet après-midi-là, n'avait prononcé le nom d'Agathe ni celui de sa mère.

*

En quelques jours, avec l'aide de Damien, Élisabeth eut transformé les trois pièces qui occupaient le premier étage de la tour. De fraîches cretonnes ornèrent les fenêtres, rajeunirent les vieux sièges. Damien avait découvert dans les greniers quelques anciens meubles relégués là par Judith et qu'une peu coûteuse réparation permettrait d'utiliser. Des vases de faïence ancienne, renfermés dans un placard de l'appartement autrefois occupé par la vieille comtesse, furent garnis de fleurs et disposés dans les chambres de la tour. Celles-ci, aussitôt, prirent un aspect plus hospitalier, pas au point cependant de satisfaire Catherine qui déclara, à sa première visite :

– Ce n'est pas gai, chez vous, ma chère Élisabeth ! Dire que vous avez passé dix ans de votre vie dans cette vieille tour, où le soleil entre à peine !

– Je m'y sentais au moins chez moi, dit brièvement Élisabeth.

Elles étaient assises toutes deux près de la fenêtre, l'une tricotant, l'autre cousant. Après plusieurs journées de pluie, une admirable lumière baignait aujourd'hui la campagne fraîche, tout humide encore. De la vallée montait le bruit de la rivière devenue un torrent bouillonnant.

– Oui, évidemment, murmura Catherine.

Ses yeux faisaient le tour de la pièce, s'arrêtaient sur le portrait de Daphné. Elle dit pensivement :

– Vous ne ressemblez pas à votre mère, Élisabeth. Vous êtes une Rüden.

– Oui, mon oncle le constatait, à son grand regret. Il aimait beaucoup sa sœur et aurait eu plaisir à la retrouver en moi.

– Cependant il avait rompu avec elle ?

– Rompu, non. Ils s'écrivaient toujours. Mais j'ai cru comprendre qu'elle était prête à se fiancer au meilleur ami de sir Montagu quand elle connut mon père, et qu'il a longtemps conservé une secrète amertume de n'avoir pu la détourner d'un mariage qu'il n'approuvait pas.

– Il a été bon pour vous ?

– Très bon. Tous l'ont été, d'ailleurs. Mais j'ai une particulière amitié pour mon cousin Horace, dont la nature ferme, loyale, me donne une impression de sécurité, de confiance entière.

– Vous aimez la loyauté, Élisabeth ?
– Par-dessus tout, oui.
– Alors je comprends votre antipathie d'autrefois pour Agathe.
Un éclair d'ironie passa dans le regard d'Élisabeth.
– Comment, vous n'êtes pas en admiration devant votre céleste belle-sœur ?
Catherine secoua la tête.
– Moi, je l'ai peu connue, étant si rarement à Aigueblanche à cette époque. Mais ma mère en était férue, ainsi que Mme de Rüden. Abel, lui, m'a avoué que, dès avant le mariage, il avait soupçonné la fausseté... cette horrible fausseté qui est la tare d'Agathe et qui éloigne d'elle Willibad.
Les mains d'Élisabeth laissèrent échapper l'ouvrage de couture qu'elles tenaient.
– Willibad ?... C'est à cause de cela que... qu'ils vivent presque séparés ?
– Il y eut une première tromperie de la part d'Agathe : elle lui avait laissé croire qu'elle vivrait volontiers à la campagne. Mais une fois mariée, elle a voulu habiter Paris. Willibad s'y est refusé. Depuis lors, elle passe quelques semaines d'été à Aigueblanche, et le reste chez ses parents.
Catherine s'interrompit un instant. Machinalement elle se remit à tricoter. Élisabeth, le visage un peu tendu, tournait vers le dehors un regard assombri.
– Willibad n'est pas d'une nature à s'épancher, à se plaindre, reprit Catherine. Néanmoins nous avons compris quelle dure désillusion il avait trouvée dans ce mariage. Lui, si droit, qui abhorre le mensonge...
– Le jour où j'ai été faire mes adieux à votre mère, il y a six ans, Abel m'a dit : « Je me demande si Willibad sera heureux. »
– Ah ! il vous l'a dit ? Oui, ce mariage l'inquiétait ; mais il se taisait devant l'enthousiasme de ma mère, devant l'apparente satisfaction de Willibad. Pauvre mère, toujours en proie aux difficultés pécuniaires, elle ne voyait qu'une chose : la fortune d'Agathe allait relever notre maison, permettre à son fils aîné de faire face aux charges qui lui incombaient. Comme, en outre, Agathe était jolie,

de bonne maison par son père, et qu'elle semblait plaire à Willibad, elle ne voyait aucune raison pour ne pas le pousser à cette union.

– Elle l'a poussé ?...

Élisabeth tournait vers Catherine un regard tout à coup plus vif.

– Du moins, elle l'y a engagé fortement après que Mme de Rüden lui eut laissé entendre qu'Agathe était très éprise de Willibad, et que celui-ci n'avait qu'un mot à dire pour devenir son fiancé. Fût-ce, de la part de mon frère, surtout un mariage de raison, ou bien a-t-il éprouvé quelque amour pour Agathe, cela, je l'ignore. Il est très difficile de connaître les sentiments profonds d'une nature telle que la sienne, qui les tient jalousement secrets.

Les belles mains d'Élisabeth reprirent l'ouvrage un instant abandonné. Elles semblaient devenues un peu nerveuses et les points, dans la percale légère, n'avaient plus la finesse habituelle.

À travers le silence, un son grave, une profonde plainte s'éleva. C'était le violon de Calixte. Un noble adagio étendit sa trame harmonieuse, jusqu'à la note finale qui sombra dans un sanglot.

Catherine dit avec admiration :

– Quelle artiste ! Mais elle met la mort dans l'âme !

– C'est toujours ainsi. Pauvre tante, révoltée sans doute, si malheureuse certainement !

– Vous n'avez toujours aucun rapport avec elle ?

– Aucun. En fait, je ne la connais pas. Vaguement, je me souviens de l'avoir vue quand j'étais très petite fille. Elle n'était pas tout à fait claustrée, à cette époque...

De la route montèrent à ce moment trois coups de klaxon. C'était le signal convenu avec Willibad, qui devait venir prendre sa sœur à la grille du château. Ainsi que Catherine l'avait expliqué à Élisabeth, il avait été voir aujourd'hui une personne dont on lui avait parlé pour remplacer la nurse, qu'il ne voulait pas conserver.

Les deux jeunes filles le trouvèrent à l'entrée de la cour. Catherine demanda aussitôt :

– Eh bien ! cela peut-il convenir ?

– Je le crois. Demain, je donnerai ma réponse... Vous vous trouvez décidément bien dans ce vieux Montparoux, Élisabeth ?

Il la regardait longuement, avec une sorte de curiosité. Cherchait-il la fillette un peu sauvage d'autrefois en cette jeune fille d'allure élégante, qui avait tant de charme dans cette robe bleu marine garnie de blanc, et dont les yeux renfermaient tant de vie ?

– Très bien, malgré tous les petits inconvénients du logis, répondit-elle gaiement. Catherine ne me l'envie pas cependant. Encore l'a-t-elle vu un jour ensoleillé.

– Oh ! Willibad, ce devait être parfois mortellement triste !

– Élisabeth est une courageuse, dit-il.

Les yeux d'un bleu si foncé considéraient Élisabeth avec cette expression adoucie qu'elle leur avait déjà vue lors de ses précédentes rencontres avec Willibad. Ils lui rappelaient le jeune Willibad d'autrefois, qui était aimable et bon pour sa petite cousine. La découverte du mensonge, chez Agathe et sa mère, avait-elle fait comprendre à l'homme désabusé ce qu'il fallait penser des sournoises insinuations contre la fillette en révolte devant l'hypocrisie ?

Quand le frère et la sœur eurent pris congé d'elle, Élisabeth demeura un moment debout près de la grille, regardant la voiture s'éloigner. Une voiture datant visiblement de plusieurs années, bien tenue mais ayant dû faire un long usage. À Aigueblanche, rien ne lui avait paru changé, sauf quelques tentures remplacées. Tous, y compris Willibad, semblaient vivre comme naguère, alors qu'il n'y avait pas l'argent d'Agathe.

Élisabeth sentait en elle une sorte d'allégement. Il lui eût été singulièrement pénible de voir Willibad jouir de cette fortune, maintenant qu'il n'aimait plus Agathe.

Mais l'avait-il jamais aimée ?

Un léger bruit de pas sur le pavé de la cour vint aux oreilles d'Élisabeth. Elle se détourna et vit Florestine qui se dirigeait vers la loge. Répondant au salut de la femme de chambre, elle s'avança en demandant :

– Comment va ma tante, Florestine ?

– Pas trop bien, mademoiselle. Depuis quelques jours, elle est enrhumée, elle tousse, et cependant je ne puis obtenir qu'elle renonce à sa promenade du soir. C'est comme cela qu'elle a pris mal l'automne dernier, après quoi il a bien fallu qu'elle se soigne tout l'hiver.

– Elle ne s'ennuie pas trop ? Croyez-vous qu'elle refuserait de me recevoir ? Je la plains tellement, pauvre tante !

Le grave et pur regard de Florestine s'attarda un moment sur la jeune physionomie sincère.

– Non, elle ne le voudra certainement pas. Ma pauvre demoiselle est bien plus malade d'âme que de corps, mademoiselle Élisabeth, et nous ne pouvons qu'une chose pour elle : prier, afin que la nuit où elle vit s'éclaire un jour.

Elle fit un mouvement vers la porte de la loge, puis ajouta :

– Je le lui demanderai quand même, mademoiselle. On ne sait jamais...

Quelle paix, quelle sérénité dans le regard de cette femme ! Élisabeth, à chaque rencontre avec Florestine, en emportait une impression de surprenant apaisement.

– Florestine est une âme merveilleuse, lui avait dit un jour l'abbé Forgues.

Depuis bien des années, elle partageait la sombre existence de Calixte. Peut-être connaissait-elle des jours pénibles, près de cette malade d'esprit, cette misanthrope qui s'écartait avec une farouche volonté de la vie d'autrui. Oui, une malade, évidemment. Adélaïde l'avait connue, après le mariage de Daphné, menant à peu près la vie de tout le monde, mais de caractère assez renfermé, très orgueilleuse, douée d'un esprit vif, étincelant, d'une intelligence très cultivée. En fait, une femme remarquable au point de vue intellectuel, belle de visage, avec des yeux d'un charme étrange, au dire d'Adélaïde, et un pauvre corps déformé que tout l'art des couturières ne pouvait transformer.

C'était peu de temps avant la mort de sa belle-sœur qu'elle avait tout d'un coup décidé de se cloîtrer dans la tour, et les observations de sa mère, de son frère s'étaient heurtées à une obstination invincible.

En songeant ainsi à cette étrange Calixte, Élisabeth traversait la cour pour regagner le logis de la tour. Elle passa près du bassin central, autour duquel le vieil Anselme s'occupait de planter des pensées, avec l'aide d'un jeune paysan, son petit-neveu, que M. de Rüden lui avait donné comme suppléant. Le vieillard leva la tête, marmonna un « bonjour demoiselle », puis suivit Élisabeth des yeux jusqu'à ce qu'elle eût disparu dans le château. Le jeune Benoît le regardait avec surprise. Anselme dit rudement :

– Allons, travaille, toi. Et quand tu vois quelque chose de pas clair, tiens ta langue. Ça vaut mieux.

III

Élisabeth laissa reposer les rames et la petite barque vint accoster au bas des marches qui menaient au vieux pavillon de l'étang. Catherine et elle mirent pied à terre et attachèrent l'embarcation à la borne un peu rouillée. L'air chaud de ce jour d'été colorait les joues de Catherine et mettait une touche rose sur le teint si blanc d'Élisabeth. Les yeux des deux jeunes filles brillaient de gaieté, de saine animation. Élisabeth, qui avait souvent canoté avec son cousin sur la rivière proche de Morton-Court, venait de donner à sa compagne une première leçon.

– Vous avez de grandes dispositions, ma chère Catherine, dit-elle, tandis que toutes deux montaient les degrés. Quand Horace viendra à Montparoux, il faudra lui demander des conseils, car il est excellent rameur.

– Vous ne savez pas encore à quelle époque aura lieu ce séjour ?

– Non, il m'a dit seulement au départ : « Je vous promets d'aller vous voir cet été dans votre Jura et nous ferons ensemble de bonnes excursions. » Je serai bien heureuse de le revoir. Il est pour moi comme un frère.

Elles entrèrent dans le pavillon. Sur la table de marbre gris, qui en occupait le centre, Élisabeth avait préparé ce qu'il fallait pour faire du thé. Quelques vieux sièges trouvés dans les greniers du château étaient groupés autour. Catherine s'assit tandis qu'Élisabeth allumait le réchaud sous la bouilloire. Elles étaient toutes deux en robes claires et fleuries, les bras nus, souples et finement musclés, ceux de Catherine un peu dorés, ceux d'Élisabeth d'une mate blancheur.

– J'ai fait l'autre jour ces gâteaux dont vous m'aviez donné la recette, Catherine. Ils étaient très réussis, d'après Adélie, et j'ai également reçu un satisfecit de Damien, dont j'avais emprunté le fourneau et les ustensiles.

Élisabeth se tournait en souriant vers sa compagne. Celle-ci dit gaiement :

– Il ne doit pas être prodigue de compliments, ce vieux glaçon. Mais vous avez peut-être touché son cœur racorni, Élisabeth. Vous êtes si charmante !... Et vos yeux, vos beaux yeux changeants, ma chérie ! Ils savent dire tant de choses !

– Eh bien ! cela devrait me dispenser de parler ! dit plaisamment Élisabeth.

Elle s'assit près de Catherine, en face de la porte ouverte sur l'étang. Le soleil incendiait encore à cette heure le sommet des arbres, mais il n'atteignait plus qu'une petite partie de la pièce d'eau. La chaleur arrivait par bouffées encore brûlantes dans le pavillon. Catherine s'éventait avec le petit chapeau de paille blanche qu'elle venait de retirer. Élisabeth fermait à demi les yeux, un peu lasse de l'effort accompli tout à l'heure. Elle se sentait calme, détendue, presque heureuse. Ces trois mois avaient passé avec une singulière rapidité. Elle avait beaucoup travaillé, elle avait eu, presque chaque jour, des rapports avec les habitants d'Aigueblanche. Catherine était devenue son amie, une amie discrète, affectueuse, qui se confiait volontiers mais ne cherchait pas à pénétrer par effraction dans l'âme encore un peu close d'Élisabeth. Mme de Groussel se montrait bienveillante pour sa jeune cousine. Abel l'accueillait toujours avec une paisible joie. Quant à Willibad... eh bien ! Élisabeth et lui s'entendaient fort bien. Ils avaient beaucoup de goûts semblables, leurs opinions se rencontraient généralement. Tous deux de caractère assez indépendant, de nature réservée, difficilement pénétrable, – chez lui surtout, – ils semblaient se comprendre sans parole. Jamais il n'y avait eu entre eux de retour vers ce passé où le jeune comte Rüden-Gortz, fiancé d'Agathe, réprouvait avec tant de dédain la conduite de la petite cousine frondeuse et révoltée. En fait, ils n'avaient jamais prononcé le nom d'Agathe, en aucune de leurs rencontres, soit qu'Élisabeth montât à cheval avec lui et Catherine, soit qu'elle le vît à Aigueblanche au cours des heures qu'elle y passait, et à Montparoux quand il accompagnait ou venait chercher sa sœur.

Jamais le nom d'Agathe. Cependant ils n'étaient pas séparés légalement et bientôt elle allait venir passer trois ou quatre semaines chez son mari.

La respiration d'Élisabeth s'accéléra un peu. Revoir Agathe, son doux visage, ses yeux célestes, son sourire d'enfant. Entendre sa voix roucoulante qui savait dire si ingénument les pires mensonges, les plus suaves méchancetés.

À cette pensée elle éprouvait à nouveau cette impression presque répulsive que lui avait toujours inspirée Agathe, que lui inspirait de même le petit Thierry, tellement semblable à sa mère.

Était-ce à cause de cette ressemblance que Willibad se montrait si sévère, presque dur parfois, pour cet enfant, cependant docile et facile en apparence ? Catherine, néanmoins, le disait sournoisement obstiné, disposé au mensonge, « comme sa mère », avait-elle ajouté.

Le calme s'éloignait d'Élisabeth, cédant la place à ce malaise qui venait de s'insinuer en elle au seul souvenir d'Agathe. Elle ouvrit les yeux, se leva pour verser dans la théière l'eau chaude qui bouillait. Catherine jeta son chapeau sur une chaise et prit dans une assiette une des brioches qu'elle avait tout à l'heure apportées à son amie.

– Willibad viendra peut-être me chercher. Il a dû aller à Marcheul pour ce nouveau fermier dont on lui a parlé.

– Il paraît assez content de la marche de son exploitation, dit Élisabeth.

Elle s'asseyait près de Catherine et prenait un ouvrage de crochet, une petite brassière pour le dernier-né d'une pauvre famille.

– Oui, cela va beaucoup mieux depuis deux ans. Il conduit son affaire intelligemment, ce cher Willibad, et il ne ménage pas sa peine. Oh ! c'est un caractère, une volonté ! Aussi le domaine est-il bien relevé maintenant. S'il avait seulement épousé une femme capable de le seconder...

Elle soupira. Le crochet d'Élisabeth glissa un peu plus nerveusement dans la laine bleue.

– ... Je fais de mon mieux pour remplacer ma pauvre maman qui a besoin de repos. Mais si je me marie un jour... quoique je me demande qui épousera une fille sans dot comme moi...

Elle rit, avec une insouciance un peu forcée.

– ... Mais confions-nous dans la Providence, n'est-ce pas, ma petite Élisabeth ?... et travaillons en attendant le problématique époux.

– Je ne me marierai pas, dit brièvement Élisabeth.

Catherine la regarda avec une curiosité mêlée d'amusement.

– Célibataire par vocation ? Vouée au service de l'art ? Vraiment ce serait dommage, mon amie... et après tout, vous avez le temps de changer d'avis.

Au-dehors on entendait un bruit de pas. Une des portes vitrées fut ouverte et Willibad parut sur le seuil.

– Ah ! te voilà ! dit Catherine. Tu arrives à temps pour le thé.

Élisabeth leva la tête. Son regard rencontra celui de ces yeux foncés où elle ne vit plus cette flamme secrète qui existait en eux depuis quelque temps. La physionomie de Willibad semblait tendue, et sa voix avait une intonation changée tandis qu'il disait en serrant la main d'Élisabeth :

– J'ai eu assez vite fait de m'arranger avec ce fermier, qui me paraît un brave homme.

Catherine dut sentir aussi quelque chose d'insolite, car elle regarda son frère avec attention.

Il s'assit, tandis qu'Élisabeth se levait pour servir le thé. Un souffle d'air moins chaud entrait par la porte ouverte sur l'étang. Willibad regardait l'eau, d'un sombre vert, que le soleil maintenant quittait complètement. Un pli se creusait entre ses sourcils, un autre se glissait au coin de sa bouche qui laissait tomber ces mots avec une sorte de glaciale indifférence :

– J'ai rencontré tout à l'heure sur la route le télégraphiste qui m'a remis une dépêche d'Agathe. Elle arrive samedi.

– Ah ! dit Élisabeth.

La tasse qu'elle présentait à Willibad faillit lui échapper des mains. Tout à coup elle avait froid, froid jusqu'au cœur.

Catherine, sans vergogne, fit une moue bien accentuée en murmurant :

– Ah ! bien, voilà une belle nouvelle !... Dans trois jours... J'espérais... je pensais qu'elle ne viendrait que vers le 15 juillet, comme l'année dernière.

– Moi aussi, dit froidement Willibad.

Il s'accoudait à la table de marbre, sur laquelle il avait posé sa tasse. Refusant du geste les pâtisseries que lui présentait sa sœur, il demeura un moment silencieux, tandis qu'Élisabeth reprenait sa place et son ouvrage. Puis il se mit à parler d'autres sujets. À propos d'un ouvrage récemment paru, prêté par lui à sa cousine, il rappela des souvenirs d'un voyage fait l'année précédente en Italie, avec un ami qui habitait Florence. Élisabeth s'y trouvait à cette même époque, ayant accompagné son oncle et sa cousine Alison. Elle aussi avait visité Florence, Sienne, Assise, puis, en dernier lieu, Rome, où sir Montagu avait séjourné plus longuement. Tous deux s'animaient, en évoquant les impressions ressenties. Élisabeth revoyait sur la physionomie de Willibad – cette physionomie volontaire qui se couvrait si facilement d'un masque de froideur – ce reflet d'une ardeur secrète qui lui faisait, à certains moments, soupçonner un foyer inconnu dans l'âme de son cousin. Parfois revenait à ses lèvres le sourire qui donnait à ce visage un charme si jeune, quand l'ironie en était absente. Mais il y avait en lui quelque chose de forcé, aujourd'hui. En lui et en Élisabeth. Catherine, dont la moue ne s'était pas tout à fait effacée, semblait absorbée dans des réflexions moroses. Ainsi, avant même d'être là, Agathe, « la colombe », comme l'appelait autrefois Élisabeth, troublait-elle la paix de ces trois êtres au cœur sincère.

Troisième partie

I

Ce fut le dimanche suivant, en arrivant à Aigueblanche pour y déjeuner comme elle le faisait chaque semaine, qu'Élisabeth revit la jeune comtesse Rüden-Gortz.

Agathe était assise dans le jardin, devant les fenêtres du salon. Thierry, debout près d'elle, appuyait sa tête blonde sur ses genoux. Elle caressait les boucles légères du petit garçon tout en suivant d'un regard attentif les mouvements des habitants d'Aigueblanche, réunis dans le salon, qui accueillaient Élisabeth et Adélaïde. Enfin elle se leva et vint jusqu'à la porte-fenêtre. Sa voix, douce, musicale, dit gaiement :

– Bonjour, Élisabeth !

Puis elle dévisagea la jeune fille qui se tenait devant elle, rapidement, furtivement. Ses lèvres eurent une torsion légère.

Élisabeth, qui souriait quelques secondes auparavant, en parlant à Catherine, avait maintenant une physionomie glacée. Réflexe de défense, comme autrefois devant Judith et cette même Agathe. Elle serra du bout des doigts la main souple, un peu courte, aux ongles nuancés de rose très pâle. Agathe dit avec un regard câlin :

– Je suis très contente que vous soyez à Montparoux. J'avais très envie de vous revoir.

– Vous n'avez cependant pas dû conserver un souvenir particulièrement agréable de nos relations.

La riposte, froide et railleuse, partait toute seule des lèvres d'Élisabeth. Vraiment, quelle singulière chose que cette Agathe excitât en elle tant de sentiments irritants, dès qu'elle lui parlait, tout comme naguère !

Agathe rit doucement.

– Oh ! c'est oublié, cela ! Vous n'êtes plus, je l'espère, la fillette pas très... agréable de ce temps-là ?

– Il ne faudrait pas vous y fier. Je n'ai pas un caractère facile, en certains cas.

– Vraiment ? Et l'on vous a supportée, à Morton-Court ?

Cet air de plaisanterie ingénue, ce regard doucereux et presque naïf ! Élisabeth sentait se crisper tout son être.

– Très bien supportée. Il y a la manière pour dompter les monstres de mon espèce.

Un rire bref, sarcastique, s'éleva derrière Élisabeth.

– Vous ferez bien, Agathe, de laisser en paix ces réminiscences d'un temps où nous étions aveuglés, par persuasion. Il serait difficile désormais de nous faire changer d'opinion.

Le frais visage d'Agathe – toujours aussi délicatement frais – parut se crisper un instant. Élisabeth, tournant la tête, regarda son cousin. Les yeux de Willibad, singulièrement foncés en ce moment, s'attachaient sur la jeune femme avec une expression de dureté impérieuse. Agathe eut une moue semblable à celle d'un enfant prêt à pleurer.

– Pourquoi voudrais-je vous en faire changer, mon ami ? Ce que vous pensez est toujours le plus parfait à mes yeux.

Qu'elle était jolie et gracieuse, cette Agathe, dans sa robe d'un pâle vert d'eau qui faisait paraître d'une si fine blancheur l'épiderme satiné des bras minces, du cou bien modelé qu'entourait un collier de perles ! Quelle caressante, suave douceur dans ces prunelles levées sur Willibad !

Mais le visage durci ne se détendit point. Par la suite, au cours du repas et quand on servit le café dans le jardin, Élisabeth put constater que cette attitude de Willibad envers sa femme demeurait immuable.

Du reste, la présence d'Agathe semblait agir désagréablement sur tous. La joyeuse Catherine elle-même perdait une partie de son entrain. Mais Agathe, sereine, aimable, parlait de sa vie à Paris, de ses voyages avec sa mère et son beau-père. Élisabeth avait ainsi un aperçu de l'existence mondaine qu'ils menaient tous trois. Elle apprit que son père était souffrant depuis quelque temps et que le médecin avait conseillé une cure à Royat, où il se trouvait en ce moment avec sa femme.

– Ils arriveront à Montparoux dans une quinzaine de jours, ajouta Agathe, et y resteront jusqu'à la fin de juillet. Nous partirons ensuite pour la Baule.

Élisabeth pensa : « Judith, en plus de celle-ci... Quelle misère ! »

Le soir de ce jour, vers dix heures, Élisabeth sortit de la tour. Tentée à la fois par un glorieux clair de lune et par une relative fraîcheur venue de la montagne, elle voulait se rendre jusqu'à l'étang. Ombre légère dans la nuit claire, elle passa dans le parterre, descendit les vieux degrés de pierre qui menaient au parc. L'apaisante lumière nocturne détendait ses nerfs mis à l'épreuve par la présence d'Agathe, pendant le temps qu'elle avait passé aujourd'hui à Aigueblanche. L'ombre des vieux arbres l'enveloppa, la saine odeur de mousse humide et de résine fit glisser en elle un frisson de plaisir. Dans le silence, l'eau d'une source cachée s'égouttait le long d'une roche. Un oiseau de nuit ulula. Élisabeth avançait comme en un songe. Elle pensait à Willibad, à ce visage glacé qu'il opposait aux sourires, aux câlins regards de sa femme. Que lui avait-elle donc fait pour qu'il prît à son égard une telle attitude ? Que lui avait-elle fait souffrir, cette Agathe ?

Mais, après tout, la seule obligation de vivre près d'elle, quand on avait une âme loyale et fière, ne suffisait-elle pas à expliquer cette étrange attitude de Willibad ?

D'autant plus étrange quand on l'avait vu si différent pour sa famille, pour elle-même, Élisabeth, depuis son retour. Sous sa réserve habituelle, elle avait appris à connaître sa valeur morale, à soupçonner en lui une sensibilité farouchement cachée. Quand il se trouvait en sa présence, aucun des mouvements de sa physionomie, aucune des variations de son regard ou des intonations de sa voix, ne lui échappaient. Elle ressentait à son égard une sorte de curiosité avide qui donnait pour elle à la vie un goût chaque jour plus vif.

Au bord de la petite clairière apparaissait la maison d'Anselme : un rez-de-chaussée tapi sous son toit en pente raide. Une charmille bordait le jardin qu'elle dérobait aux regards. À une fenêtre, le jardinier, debout, fumait sa pipe. Il marmonna un vague : « Bonsoir, demoiselle », auquel Élisabeth répondit distraitement.

Peut-être était-il là, à cette même place, quand la jeune comtesse de Rüden était passée autrefois dans cette allée, s'en allant vers son destin tragique ? Élisabeth n'avait jamais songé à le lui demander, l'humeur taciturne de ce vieillard morose n'engageant guère à la conversation.

Quand elle atteignit l'étang, la pâle lumière d'un gris d'argent éclairait l'eau immobile. Élisabeth s'approcha de la berge, s'arrêta près de l'endroit ou Daphné avait trouvé la mort. Les nénuphars, dans cette clarté lunaire, semblaient des fleurs de songe. Du cœur d'Élisabeth s'éleva une prière pour la mère disparue. Puis elle rêva un moment, les yeux attachés sur les plantes aquatiques. Elles étaient trop peu rapprochées de la berge pour qu'on pût facilement les atteindre. Comment Daphné avait-elle été assez imprudente pour vouloir en cueillir ?

Un ululement enleva Élisabeth à sa méditation. Le lugubre oiseau de nuit répéta sa plainte, seule atteinte au pur silence de l'heure. Élisabeth s'écarta de la berge et se dirigea vers le pavillon. Elle voulait y prendre son sac à ouvrage qu'elle avait oublié là dans l'après-midi.

D'un geste vif, elle ouvrit l'une des portes vitrées. Puis elle eut un cri étouffé. Une femme, debout au seuil de la porte donnant sur l'étang, venait de se retourner brusquement.

– Qui vient là ? Qui...

Deux yeux irrités, dans un pâle visage, s'attachaient sur Élisabeth.

– Pardon, ma tante. J'ignorais...

Oui, c'était Calixte de Rüden, vêtue d'une ample robe de satin noir qui ne pouvait dissimuler complètement la déformation de son corps.

– Tu es Élisabeth ?

Sa voix était légèrement rauque, comme celle d'une personne peu habituée à parler. Élisabeth se sentait dévisagée presque brutalement.

– Oui, ma tante.

– Approche-toi, que je te voie mieux.

Élisabeth obéit. Calixte lui saisit la main, l'attira près de la porte, dans la pleine clarté de la lune.

– Florestine avait raison. Tu me ressembles, dit-elle.

Élisabeth la considérait avec une compatissante curiosité. Ces traits amaigris étaient beaux encore, mais le rare attrait de ce visage se trouvait dans les yeux, brûlants d'un feu intérieur, animés d'une vie ardente, qui, de nouveau, scrutaient Élisabeth.

– Que venais-tu faire ici ?

– Chercher mon sac que j'avais oublié cet après-midi. Je m'excuse, ma tante, de vous avoir dérangée.

– Pourquoi choisir cette heure ? Ton sac, tu l'aurais aussi bien retrouvé demain matin. Qu'est-ce qui t'attirait ici ?

– Principalement le plaisir de revoir le lac au clair de lune.

– Ah ! toi aussi ?

Tout à coup, une note semblait fêlée dans la voix de Calixte.

– Ne te laisse pas aller à ces rêveries, enfant. Ce n'est pas bon pour toi.

Elle se détournait vers l'intérieur de la pièce et sa physionomie devint moins distincte pour Élisabeth. Elle semblait respirer péniblement. Élisabeth, après une courte hésitation, dit résolument :

– Florestine m'a appris que vous refusiez de me recevoir, ma tante. Cependant, j'aurais été si heureuse...

– Heureuse ? Heureuse de connaître une réprouvée comme moi ?

Troisième partie

Une sorte de rire douloureux soulevait sa poitrine.

– Vous n'êtes pas une réprouvée, ma tante ! Vous souffrez, mais ne pensez-vous pas que mon affection pourrait vous être douce ?

– Ton affection ?

Tout le corps de Calixte semblait se raidir.

– ... Je ne veux l'affection de personne !

Ces mots furent jetés comme un cri de désespoir, qui fit tressaillir Élisabeth.

– Ma tante, pourquoi ? Je serais si heureuse que vous m'aimiez un peu et que vous me permettiez de vous aimer !

– M'aimer, moi ? Tu voudrais m'aimer ? Est-ce qu'on aime un démon ?

Sa voix sombrait dans un rauque sanglot. Ses yeux brûlants considérèrent un instant le jeune visage ému, stupéfait.

– Va-t'en, ma fille, va... Laisse cette malheureuse à son tourment, tu ne peux rien pour elle.

– Eh bien ! je pars, ma tante. Mais si jamais vous souhaitez me voir, n'oubliez pas que je viendrai à votre premier appel.

– Laisse la solitaire à son destin. Va vers la vie, toi qui es jeune, belle, et qu'on aimera.

La voix se brisait de nouveau. D'un geste tremblant, Calixte ramena sur ses cheveux grisonnants l'écharpe de dentelle blanche qui en avait glissé.

– ... Et n'oublie pas ceci : prends garde à ta belle-mère, Élisabeth... prends garde !

Elle se détourna, franchit le seuil du pavillon et parut reprendre la contemplation qu'avait interrompue Élisabeth. Celle-ci sortit, oubliant le sac qu'elle était venue chercher, dans l'émoi de cette rencontre imprévue, de ce contact avec une insondable, terrible souffrance morale dont le souvenir la faisait frissonner encore, tandis qu'elle s'engageait dans la pénombre de l'allée qui la ramenait vers le château.

Et de quel ton étrange elle lui avait donné ce dernier avertissement concernant sa belle-mère !

Pourtant, quel mal pouvait-elle encore lui faire, cette Judith qui, déjà, avait écarté d'elle son père et tenté de la rendre odieuse aux yeux des habitants d'Aigueblanche ? Et comment Calixte pouvait-elle bien la connaître, elle qui était déjà renfermée dans la tour au moment où Mme de Combrond était entrée en relation avec les châtelains de Montparoux ?

II

La présence d'Agathe modifia quelque peu les habitudes d'Élisabeth, en ce sens qu'elle se rendit moins souvent à Aigueblanche. Mais Catherine venait la voir presque chaque jour, soit à bicyclette, soit à pied. En ce dernier cas, elle passait par le sentier de la poterne, celle-ci depuis longtemps demeurant ouverte, car on ignorait ce que la clef était devenue. Parfois, Willibad venait chercher sa sœur en voiture et prenait le thé avec les deux amies, dans la tour ou bien dans le parterre. Sa physionomie assombrie se détendait alors. Il s'attardait à causer, à écouter sa sœur et sa cousine, à regarder les dessins et les aquarelles d'Élisabeth. Ils avaient renoncé d'un accord tacite aux promenades à cheval, car Agathe aurait voulu être de la partie. « Or, disait Catherine, c'est une chose bien suffisante de l'avoir autour de nous dans la maison, faisant la chatte, ayant toujours l'air d'être prête à offrir son aide et, finalement, ne faisant rien autre chose que de s'occuper d'elle-même. »

Parfois, la jeune comtesse venait à Montparoux et passait l'après-midi avec son fils dans le parc. Élisabeth, jusqu'alors, avait toujours évité de la rencontrer. Elle s'était réjouie de se trouver au village un jour où Agathe était montée au premier étage de la tour. Mais elle songeait en soupirant que bientôt la jeune femme passerait une grande partie de son temps à Montparoux, dès l'arrivée de sa mère. Des invités logeraient au château, des réceptions s'y donneraient. Le calme, la solitude des jardins et du parc, seraient ainsi troublés, pendant deux ou trois semaines.

– Vous viendrez plus souvent chez nous, durant ce temps, disait Catherine.

– Le plus souvent possible, ajoutait Willibad avec son rare sourire.

Pour le moment, les jeunes filles se retrouvaient presque chaque après-midi à Sauvin-le-Béni où Catherine, à l'harmonium, exerçait les jeunes filles du village qui formaient un chœur dont faisait aussi partie Élisabeth. Elles s'occupaient de décorer l'église, allaient causer un instant avec la mère du curé, ou avec l'ancienne femme de chambre Émilie. Puis elles remontaient ensemble à Montparoux quand un travail pressé n'attendait pas Catherine à Aigueblanche.

Parfois, vers la fin de l'après-midi surtout, Élisabeth allait s'asseoir comme autrefois, dans la baie ogivale de la vieille salle. Elle lisait ou dessinait, ayant sous les yeux ce paysage dont elle aimait la beauté un peu sévère. Peut-être, quand le château serait habité, trouverait-elle là un tranquille asile où les élégantes relations de Mme de Rüden ne viendraient pas la déranger.

Le dernier jour de juillet, elle s'y rendit vers quatre heures, emportant son album à dessin. Depuis quelque temps, elle étudiait des motifs de décoration qu'elle comptait présenter l'hiver suivant à une maison pour laquelle son oncle pouvait lui procurer une introduction. Quand elle fut assise, elle ouvrit l'album et essaya de s'appliquer à son travail. Mais elle manquait d'entrain. Fallait-il l'attribuer à la chaleur orageuse de cet après-midi, ou bien plutôt à la perspective de voir arriver, le lendemain, M. de Rüden et sa femme ?

Agathe était venue la veille au château pour faire préparer les appartements par Damien et Aglaé. On attendait ce soir les domestiques venant de Paris. Les Rüden continuaient de mener grand train. Pourtant, d'après ce que Catherine avait entendu dire par son frère, la fortune de Judith et de sa fille – héritage du vicomte de Combrond, qui l'avait lui-même reçu d'un oncle enrichi en Amérique du Sud – était sérieusement diminuée, comme beaucoup d'autres à cette époque.

« Les bijoux de la grand-mère hindoue feraient bien leur affaire, pour se remettre à flot », songeait Élisabeth avec un amusement ironique.

Elle les avait retrouvés intacts, derrière la plaque de cheminée aux armes des Rüden. Ils resteraient là... combien de temps ? La vieille comtesse lui avait fait promettre de ne révéler son secret à personne au monde, sauf à son mari, si elle en avait un. Mais comme elle ne se marierait pas, ils resteraient probablement dans leur cachette. Cependant, il faudrait bien, un jour, qu'elle en parlât à quelqu'un, car elle pouvait mourir subitement, dans quelque accident, avant qu'il lui fût possible de faire connaître leur existence.

À qui donc ? Pas à Calixte, retranchée dans sa farouche solitude. Un seul nom se présentait à elle : Willibad. Elle pourrait lui confier le secret de la cachette, lui dire de prendre les joyaux, en cas de mort prématurée, de les considérer comme son bien...

Et après Willibad, ce serait le fils d'Agathe qui en hériterait.

Non, il y aurait là une méconnaissance des intentions de l'aïeule ! Il lui faudrait trouver autre chose...

Presque machinalement, elle traçait sur le papier des contours qui se transformaient en chauves-souris volant parmi des arbres aux formes fantastiques. Sur un fond de laque pâle, elle obtiendrait là une décoration de paravent qui ne manquerait peut-être pas d'originalité. Elle demanderait son avis à Willibad, dont le goût était très sûr.

Entendant un bruit de pas, elle songea : « Voilà sans doute Catherine. » Et elle tourna la tête vers l'étroite ouverture du couloir qui menait à la poterne.

Non, ce n'était pas Catherine, mais Willibad. Il dit avec surprise :

– Ah ! vous êtes là, Élisabeth ? Vous travaillez ?

– Bien peu. Je ne suis pas en train.

Elle souriait en lui tendant la main.

– ... Catherine ne vient pas, aujourd'hui ?

– Non. Ma mère et elle s'occupent des confitures. Je vous apporte cet ouvrage de Chesterton dont Abel et moi vous avions parlé l'autre jour... Mais, Élisabeth, quelle imprudence de vous asseoir là !

Elle eut un rire léger.

– Oh ! j'y suis tellement habituée ! C'était mon lieu de refuge favori, autrefois. Ma bonne Adélaïde seule savait m'y trouver quand, par hasard, on me demandait au château... Mais puisque vous voilà, donnez-moi donc votre avis sur ce dessin ?

Elle lui tendit l'album, puis se leva en secouant sa robe un peu froissée.

– ... Qu'en dites-vous, pour un paravent ou un panneau décoratif ?

– Très bien. Ce dessin a du caractère. Rien de mièvre, ou de trop recherché. On reconnaît votre nature dans vos œuvres, Élisabeth.

Il la regardait avec une attention grave, ardente. Les joues mates se colorèrent un peu, les cils frémirent sur les yeux si vivants, aux changeantes couleurs d'automne.

– ... Une nature que j'ai méconnue, autrefois.

La bouche de Willibad eut une crispation d'amertume. Élisabeth, reprenant l'album d'entre ses mains, se mit à en tourner machinalement les pages. Des bouffées de chaleur orageuse entraient dans la vieille salle, soulevaient légèrement les boucles brunes qui entouraient le jeune visage sérieux, tout frémissant d'une émotion contenue.

– ... Vous souvenez-vous de ce que vous m'avez répondu un jour, en sortant du presbytère, peu après que votre père vous eut appris que vous seriez envoyée en Angleterre ? Je vous avais dit que vous ne faisiez pas ce qu'il fallait pour qu'on vous regrettât, et j'ajoutai que Mme de Rüden et Agathe ne souhaitaient que de vous aimer.

– Je vous ai répondu : « Quand vous les connaîtrez mieux, Willibad, vous vous souviendrez de ce que vous me dites là. »

– Oui. Ce jour est arrivé très vite, Élisabeth.

Il se tut. Élisabeth promenait des doigts un peu tremblants entre les feuilles de l'album. La voix, le regard de Willibad, décelaient une âpre souffrance qui pénétrait jusqu'à son propre cœur.

Elle murmura, hésitante, ne sachant si elle devait toucher à cette blessure :

– Pourquoi avez-vous fait cela ?... Oh ! je n'ai jamais compris ! Vous... et elle !

Il dit brusquement :

– Vous m'avez blâmé ?... méprisé, peut-être ?

Il la regardait, les yeux dans les yeux. Ses lèvres, tout son visage, étaient contractés.

Elle répondit avec douceur :

– J'ai eu le tort de croire que vous faisiez ce mariage par intérêt. Mais depuis mon retour ici, j'ai été complètement détrompée sur ce point.

– Alors, pourquoi l'ai-je épousée, d'après vous ?

Sa voix restait brusque, presque violente.

– Parce que vous l'aimiez, à ce moment-là.

Une sorte de rire s'étrangla dans la gorge de Willibad.

– L'aimer, moi ? Non, certes ! Mais j'avais vingt-quatre ans, mon cœur était libre, et je me suis laissé persuader par ma mère de faire ce mariage de raison. Agathe ne me déplaisait pas, je pensais n'avoir aucune peine à être pour elle un bon mari. Cependant, peu de temps avant notre union, j'ai eu comme une intuition que je me trompais sur cette nature. Mais je ne l'ai vraiment connue qu'un peu plus tard. C'est un abîme de fausseté, Élisabeth.

– Oui, comme sa mère.

– Et mon fils... cet enfant qui est son portrait physiquement et peut-être... Mais je le garderai près de moi désormais afin de lutter sans cesse contre ses instincts qu'il tient d'elle. Car j'aimerais mieux le voir mort, s'il devait plus tard devenir semblable à elle !

La voix âpre, douloureuse, fit tressaillir Élisabeth. Là était peut-être – comme elle l'avait pressenti en remarquant certains regards chargés d'angoisse attachés sur le visage angélique de Thierry – le plus cruel tourment de Willibad.

D'un geste spontané, elle prit la main de son cousin.

– Espérez, Willibad !... Près de vous, soustrait à cette influence, il peut apprendre la sincérité, la loyauté.

Elle le regardait avec une émotion si vive qu'un léger voile de larmes couvrait ses beaux yeux.

Il se pencha et posa ses lèvres sur ses doigts tièdes et tremblants.

– Merci, Élisabeth, dit-il à mi-voix.

Il se redressa, les yeux comme éclairés d'une flamme intérieure. Puis celle-ci, brusquement, s'évanouit, disparut du moins sous les paupières à demi abaissées. Willibad retira sa main qui venait de se raidir dans celle d'Élisabeth et dit avec un étrange accent un peu rauque :

– Je m'excuse d'avoir évoqué devant vous toute cette misère. Mais je voulais que vous sachiez combien nous avons tous été trompés, naguère, à votre sujet.

– J'ai oublié ce passé, qui me fut pénible, je l'avoue. Bien souvent, j'ai cru vous détester, Willibad.

Elle le regardait avec une émotion qui accélérait les battements de son cœur. Mais il tenait les yeux un peu détournés, comme si tout à coup la vieille cour, aperçue par l'ouverture béante de la salle, lui eût inspiré un vif intérêt.

– Je vous ai dérangée dans votre travail. Maintenant je vous laisse, et vais retrouver ma bicyclette que j'ai laissée au bas du sentier.

Il s'interrompit en fronçant les sourcils. Suivant la direction de ce regard, Élisabeth vit Thierry, vêtu de blanc, qui s'avançait vers le seuil de la salle.

– Que viens-tu faire ici ? demanda sèchement Willibad.

Avant que l'enfant eût répondu, Agathe apparaissait derrière son fils.

– Ah ! cher ami, vous êtes là !... et vous aussi, Élisabeth !

Écartant Thierry, elle entra, toute rose et blanche sous ses cheveux savamment bouclés, tenant sous son bras un de ces petits chiens à la mode, semblable à un animal en carton, qu'elle traînait partout avec elle. Son regard, d'un bleu plus céleste que jamais, souriait à Willibad, glissait doucement vers Élisabeth, un instant saisie par la surprise.

– Je ne supposais pas que je vous trouverais dans ces ruines... tous deux.

Cette suspension légère dans la phrase suavement distillée par les lèvres roses parut faire sur Willibad l'effet d'un aiguillon. Il y eut une lueur dans son regard, un dur mouvement des mâchoires.

– Et pourquoi pas ? La vue est fort belle, d'ici. Vous pouvez l'admirer, si le cœur vous en dit.

Agathe fit quelques pas encore. Elle souriait toujours, ingénument.

– C'est une raison, en effet. Mais ce lieu manque un peu de confort. Vous n'avez même pas un siège, Élisabeth !

– Je m'assieds sur ce rebord, dit sèchement Élisabeth.

– Oh ! c'est terriblement dangereux ! Vous devriez le lui dire, Willibad.

– C'est ce que j'ai fait, rassurez-vous.

La glaciale ironie de cette voix ne parut pas faire impression sur Agathe. Elle jeta un coup d'œil vers le paysage que la baie encadrait, puis se tourna vers Élisabeth en désignant l'album que celle-ci tenait à la main.

– Vous dessiniez ? Montrez-moi, voulez-vous ?...

Élisabeth lui tendit l'album. Agathe le feuilleta et s'arrêta sur le dessin des chauves-souris.

– Oh ! très joli !... Vous avez vu, Willibad ?

– Oui. Mais laissons maintenant Élisabeth travailler. Nous ne l'avons que trop dérangée.

– Oh ! moi, très peu !... Vous, peut-être, mon ami, si vous étiez là depuis longtemps.

Ce sourire d'Agathe, suave, un peu puéril ! Ce sourire d'innocence... Willibad serra les dents et ses yeux devinrent d'un noir brûlant.

– Au revoir, Élisabeth, dit-il brièvement.

Il serra la main qu'elle lui tendait et se dirigea vers la cour.

– Vous êtes venu en voiture, cher ami ? demanda Agathe ?

– Non.

– Eh bien ! j'ai la mienne, nous partirons ensemble.

– Merci, mais je retournerai à bicyclette.

– Comme vous voudrez... Chère Élisabeth, qu'y a-t-il de plus capricieux que les hommes ?

Elle prenait un ton plaintif et rieur à la fois. Sa main saisit celle d'Élisabeth et la pressa longuement.

– À bientôt ! Nous nous verrons plus souvent, maintenant que je passerai une partie de mes journées à Montparoux.

Elle s'en alla vers la cour, suivie de Thierry. Mais sur le seuil, elle se détourna, jeta un regard vers la svelte jeune fille debout près de la baie, un regard qui détaillait cette souple silhouette vêtue d'une étoffe légère à grands dessins blancs, ce visage d'une grâce parfaite, encadré de boucles aux reflets de satin. Élisabeth la suivait des yeux avec une expression de mépris. Sur les lèvres de la jeune femme, le sourire devint un rictus tandis qu'elle murmurait :

– Quelles choses intéressantes on découvre parfois dans les ruines !

Quand elle eut disparu, Élisabeth s'assit de nouveau et, les coudes aux genoux, appuya son visage contre les mains croisées. Elle songeait : « Il ne l'a jamais aimée. » Une joie secrète soulevait son âme. Avec quelle brusque franchise – et quelle confiance – il lui avait appris la vérité sur son mariage et laissé voir quelque chose de sa souffrance ! Ah ! que ne pouvait-elle apaiser celle-ci, l'en délivrer !

Ses yeux erraient sans les voir sur les sapins plus sombres sous ce ciel d'orage, sur la vallée engourdie dans la lourde chaleur de cet après-midi. Une soudaine angoisse s'insinuait en elle. Le doux visage d'Agathe, son câlin, puéril sourire, – et pendant une seconde – cette bouche déformée par un affreux rire silencieux... Elle les revoyait et frissonnait, saisie d'un obscur malaise.

Elle se redressa, la poitrine oppressée, en songeant : « Cette Agathe a vraiment quelque chose de maléfique ! Mais je ne suis plus la petite fille d'autrefois, et que peut-elle maintenant contre moi ? »

III

Dans la matinée du surlendemain, Élisabeth alla rendre visite à M. de Rüden. Cette entrevue lui pesait fort. En ces six années, elle n'avait échangé avec lui que de rares lettres, insignifiantes de part et d'autre. Cette indifférence paternelle, le souvenir de la scène qui avait précédé la mort de l'aïeule, blessaient trop profondément le cœur d'Élisabeth pour qu'elle n'éprouvât pas une pénible gêne à l'idée de revoir son père.

Par Damien, qu'elle avait chargé de lui demander quand il pourrait la recevoir, il lui avait fait dire qu'il l'attendrait vers onze heures dans la bibliothèque. Elle le trouva assis devant une table, occupé à écrire. Son changement physique la frappa. Cette apparence de jeunesse, longtemps conservée, n'existait plus. Il semblait las et souffrant, mais conservait néanmoins son habituelle élégance de tenue.

Élisabeth s'égaya un instant, intérieurement, à voir sa stupéfaction quand il leva les yeux, en l'entendant dire : « Bonjour, mon père. » Il la considéra un moment, l'air perplexe, avant de murmurer :

– Élisabeth ?... Tu es Élisabeth ?

Se levant, il mit une main sur son épaule, la regarda encore, puis se pencha pour lui mettre un baiser au front.

– Eh bien ! ma fille, j'ai eu raison de t'envoyer chez ton oncle ! Tu nous reviens transformée, extérieurement du moins. J'espère qu'au moral il en est de même ?

– Cela dépend à quel point de vue l'on se place, mon père. Ainsi j'ai toujours conservé l'habitude de la sincérité, l'horreur de toute hypocrisie.

– Ce n'est pas un mal... pas un mal du tout...

Il laissait retomber sa main, en détournant légèrement les yeux du regard droit et fier.

– ... Assieds-toi... Raconte-moi ce que tu as fait là-bas...

Brièvement, Élisabeth lui donna un aperçu de son existence à Morton-Court, lui apprit ses projets pour se faire une situation. Il l'approuva, en déclarant :

– Tu ne pourras compter que sur ton gain, mon enfant, car je n'aurai rien à te donner, et après ma mort, il te faudra vendre Montparoux, la seule chose que je te léguerai, en admettant que je ne sois pas obligé de l'hypothéquer ou de m'en défaire d'ici là.

– Vendre Montparoux ?

Ces mots faisaient sortir Élisabeth de son impassibilité apparente. Elle répéta, la voix chargée d'angoisse :

– Vendre notre Montparoux ? Oh ! mon père !

Il passa sur son front une main aux veines gonflées, qui tremblait un peu.

– Je ne m'y résoudrai pas sans déchirement. Mais je ne puis l'entretenir qu'avec les revenus de ma femme. Or, ceux-ci, par suite des événements, ont probablement diminué. Il me faut donc envisager cette perspective pénible, peut-être pour l'année prochaine.

– Pour l'année prochaine !

Ainsi donc il serait possible que ce fût le dernier été passé dans le cher vieux domaine, les dernières semaines où elle pourrait errer dans le parc sauvage ? Cette pensée lui fut si douloureuse que des larmes montèrent à ses yeux.

À ce moment elle revit le feu éblouissant des pierreries cachées derrière la plaque armoriée, les perles chatoyantes et les royales émeraudes du collier de la princesse hindoue. La vente de tels joyaux permettrait d'assurer l'entretien de Montparoux pendant des années.

Hélas ! Impossible d'y songer ! Il faudrait les laisser là, inutiles. Cela, par la faute de Judith car, sans elle, l'aïeule n'aurait sans doute point eu l'idée de les dérober aux convoitises de son fils.

Accablée par cette révélation, Élisabeth regardait M. de Rüden avec un mélange d'irritation et de pitié. Assise en face de lui, elle remarquait mieux son teint blême, les bouffissures sous les yeux, la fatigue du regard.

– Vous n'êtes pas bien, mon père ? Vous venez de faire un traitement thermal, m'a dit Agathe ?

– Oui, mais je n'en sentirai le bien que dans quelque temps. Ici je vais me reposer un peu...

Il s'interrompit. Sous une portière soulevée apparaissait la souple silhouette de Judith, en soyeuse robe d'intérieur couleur de clair bordeaux. Elle s'avança, un sourire détendant ses lèvres, les yeux pleins d'accueillante douceur.

– Chère Élisabeth, nous te revoyons enfin !

Elle tendait les deux mains à sa belle-fille, qui se contenta d'y poser mollement l'une des siennes.

– ... Rodolphe, comment la trouvez-vous ? Un peu changée, n'est-ce pas ? Il va nous falloir la marier, cette grande fille-là.

– Elle n'y songe pas du tout et veut travailler.

– Oui, Agathe me l'a dit. Mais quand un aimable prétendant lui sera présenté, elle changera peut-être d'avis.

Elle continuait de sourire, en attachant sur Élisabeth ces étranges yeux gris-vert dont le jeu habile des longs cils noirs savait si bien augmenter la séduction. Comme elle était jeune encore, avec ce teint parfait, sans une ride, qu'aucun fard ne dénaturait !

– Certainement non, dit Élisabeth d'un ton net.

– Célibataire, alors ? La dernière des Rüden ?

– Des Rüden de cette branche, oui, car par ailleurs, il y a Willibad.

– Willibad, et puis Thierry. Il est gentil, notre Thierry, qu'en dites-vous ?

– Il ressemble à sa mère.

La voix d'Élisabeth se faisait mordante, presque involontairement. Comme naguère, elle devenait semblable à un jeune coq de combat devant cette femme dont elle sentait la sournoise volonté de malveillance sous la douceur menteuse du sourire et de la parole.

– Oui, et c'est pourquoi il est si charmant, dit M. de Rüden. Mais il paraît que son père veut le conserver maintenant à Aigueblanche, comme Agathe nous l'a appris hier. C'est inconcevable ! Il ne peut pourtant pas prétendre obliger une jeune femme comme elle à vivre toute l'année dans ce pays !

– Il ne l'y obligera pas du tout, mon ami. Tout d'abord parce qu'il sait bien qu'Agathe ne se laisserait pas faire. Il lui suffirait de garder Thierry, qu'il voudrait avoir sous sa coupe pour l'élever à son idée. Mais cela ne se passera pas ainsi. Nous ne lui laisserons certainement pas notre enfant chéri.

– Cependant, légalement, il a le droit...

Judith secoua la tête. Élisabeth vit la ruse briller dans ses yeux.

– Nous trouverons bien un moyen de tourner la difficulté... Mais voyez, chère enfant, quels soucis apporte le mariage ! Au fond, vous avez peut-être bien raison de n'en pas vouloir.

Élisabeth ne s'attarda pas davantage et prit congé, après avoir dû accepter de venir dîner ce soir-là.

En rentrant à la tour, elle trouva une lettre de son cousin Horace, en ce moment dans les Pyrénées. Il l'informait de son intention de venir à Montparoux dans deux ou trois semaines. Cette nouvelle effaça quelque peu l'impression désagréable rapportée de son entrevue avec son père et surtout sa belle-mère. Elle soupira, en pensant qu'il lui faudrait plus d'une fois encore supporter la présence de Judith. Et à la bonne Adélaïde consternée, elle apprit que peut-être bientôt Montparoux n'appartiendrait plus aux Rüden.

C'était là pour elle un coup fort rude, d'autant plus qu'il était inattendu. Jamais elle n'avait songé que son père pût ne pas conserver le vieux domaine, car elle savait que Judith, tout en n'y séjournant guère, tenait à ce témoin du passé qui consacrait l'ancienneté, la lointaine noblesse de la famille dans laquelle son mariage l'avait fait entrer. Il fallait donc une force majeure pour qu'elle y renonçât.

Catherine, qui vint la voir dans l'après-midi, la trouva tristement songeuse. Quand elle en connut la raison, elle lui dit que, depuis quelque temps, son frère craignait que M. de Rüden ne fût obligé d'en arriver là, d'après les propos d'Agathe au sujet de sa situation financière.

– ... Et ce n'est malheureusement pas Willibad qui pourra le racheter, ce Montparoux ! Il le ferait pourtant si volontiers !

D'autant plus que les terres touchent les nôtres, et elles sont fort bonnes, paraît-il. Avec une direction ferme, elles seraient d'un excellent rapport. Mais les possibilités manquent, hélas !

Élisabeth glissa un coup d'œil vers la plaque de cheminée. Voilà qu'elle se prenait à les détester, ces bijoux qui ne pouvaient même pas lui permettre de conserver Montparoux. À quoi lui serviraient-ils si elle ne devait pas les utiliser du moins tant que vivrait son père ?

*

Quelques hôtes arrivèrent dès le lendemain à Montparoux. Élisabeth, en allant sortir sa voiture, en vit deux nouvelles dans le vaste garage. Au retour de Lons-le-Saunier où elle s'était rendue avec Adélaïde, elle croisa le cabriolet d'Agathe. Près de celle-ci se tenait une élégante jeune femme qui jeta au passage un regard curieux vers Mlle de Rüden.

– Tu viendras quand tu voudras, Élisabeth !

Je te présenterai à nos invités, avait dit Judith à sa belle-fille, au cours du dîner de la veille.

Mais Élisabeth ne se souciait guère de connaître les amis de Judith et de prendre part à leurs distractions. La société des habitants d'Aigueblanche lui suffisait d'autant mieux qu'Agathe passait à peu près toutes ses journées à Montparoux. Mme de Groussel, Abel et Catherine en paraissaient tout allégés. Quant à Willibad, Élisabeth le voyait moins souvent. Il avait, disait-il, beaucoup de travail à cette époque de l'année. En tout cas, sa mine était assez sombre et il reprenait son air de lointaine songerie que sa cousine ne lui voyait plus depuis son retour.

Le regard d'Abel, si lumineux, le considérait parfois longuement et la physionomie du jeune infirme devenait pensive, se voilait de tristesse.

On préparait à Montparoux une grande réception qui devait avoir lieu le dernier jour de juillet. D'autres hôtes étaient attendus et la comtesse envoyait des invitations aux châtelains d'alentour. Mais Élisabeth continuait de rester en dehors de tout ce mouvement. Elle n'avait plus revu Mme de Rüden ni Agathe, et se croyait délivrée d'elles jusqu'à leur départ.

Or, huit jours avant la soirée, elle eut la surprise de recevoir la visite de son père. Il venait lui déclarer qu'il comptait la voir y assister. Aux premiers mots de refus, il dit péremptoirement :

– J'y tiens, Élisabeth. Il ne convient pas que tu te mettes ainsi à l'écart. As-tu une toilette pour la circonstance ?

– Oui, celle qui m'a servi l'hiver dernier pour les réceptions où j'assistais avec ma cousine. Mais, vraiment, mon père, je ne vois pas l'utilité...

– Je la vois, moi. Il me serait désagréable que l'on te croie traitée en Cendrillon, laissée de côté par une marâtre et un père barbare.

– Ah ! c'est donc cela ! dit Élisabeth avec un sourire d'ironie.

Elle regardait son père, assis en face d'elle près de la fenêtre. Il avait pris un air d'autorité que démentait si bien la faiblesse de sa bouche. Un faible, oui, un fantoche entre les mains de Judith.

– Je veux que tu assistes à cette soirée, Élisabeth.

– Soit, si cela doit vous contenter, mon père.

– Bien. Maintenant, autre chose. J'ai reçu ce matin un mot de Me Bernadin, à qui j'avais écrit au sujet des comptes de tutelle. Il nous attend demain à dix heures. Le plus simple sera que tu m'emmènes dans ta voiture.

– Certainement... Puisque vous êtes là, mon père, je vous demande l'autorisation de loger mon cousin Horace dans la chambre de grand-mère.

– Je n'y vois pas d'inconvénient. Mais il trouvera l'installation bien... antique !

– Peu importe. Je lui ai fait une description si enthousiaste de notre vieux château qu'il sera charmé d'y loger.

– Il ne le verra peut-être pas du même œil que toi, ma fille.

M. de Rüden souriait, en regardant Élisabeth avec une certaine complaisance mêlée d'un soupçon d'émotion.

– ... Tu es une Rüden, et non pas seulement de nom. C'est étonnant comme tu me rappelles ma tante Marguerite, la jeune sœur de mon père, qui est morte à trente ans.

Il se leva en jetant un coup d'œil autour de lui.

– Tu n'es pas mal installée... Mais ce n'est pas très gai, cette chambre dans cette tour. Tu aurais pu...

Il s'interrompit. Son regard venait de tomber sur le portrait de sa première femme. Élisabeth vit sa bouche trembler. Il détourna les yeux, les laissa un instant errer autour de la chambre. Puis il reprit :

– Tu aurais pu te loger au château neuf, tout au moins lorsque nos hôtes n'y seront plus.

– Je me trouve très bien ici, mon père. D'ailleurs, j'y suis demeurée des années ; je puis y rester maintenant quelques mois.

– À ta guise, ma fille. Je vois que tu as toujours tendance à l'esprit de contradiction. Surveille-toi sur ce point, je te le conseille.

« Bon, un petit coup de patte de Judith, par procuration ! » pensa Élisabeth avec une amertume mêlée d'ironie.

M. de Rüden se leva, fit quelques pas dans la pièce, puis demanda en levant la main vers le plafond :

– Ta tante est assez sérieusement souffrante, paraît-il ?

– Oui, Florestine m'a dit qu'elle a de la congestion pulmonaire. Le docteur ordonne beaucoup de précautions. Mais il est très difficile de les lui faire observer, particulièrement pour ses sorties du soir.

– Pauvre Calixte ! Quelle existence ! Son cerveau est atteint, je le crains. Elle avait toujours été de caractère assez difficile, assez fantasque. Nous l'attribuions en partie à son infirmité, qui était pour elle une cause de grande souffrance morale. Puis je soupçonne...

Il s'interrompit, hocha la tête et reprit :

– Je soupçonne qu'elle a éprouvé une forte déception sentimentale. Un de mes amis, Hubert de Riancey, venait fréquemment chez nous. C'était un garçon charmant à tout point de vue. Calixte, d'intelligence très brillante, d'esprit original, avait avec lui de longues conversations. Il l'admirait au point de vue intellectuel, il se plaisait à ces entretiens. La beauté de ce visage, dont le charme était si particulier...

Il s'interrompit, les yeux fixés sur Élisabeth qui écoutait avec une vive attention, hésita un instant, puis continua :

– Cette beauté ne le laissait pas non plus indifférent. Il me le dit un jour dans une lettre qu'il m'écrivit pendant un séjour dans le Midi. Et il ajoutait : « Quel dommage que son pauvre corps soit si terriblement déformé ! Sans cela, mon cher, je demanderais aussitôt sa main à Mme de Rüden. » Peu de temps après, Calixte, dont l'humeur devenait très sombre, se mit à passer presque toutes ses journées dans cette tour, où elle finit par demeurer complètement. Comme, à cette époque, Riancey venait de se fiancer à une jeune Parisienne, nous pensâmes que la retraite de ma sœur avait quelque rapport avec cet événement.

– C'est fort possible. Pauvre tante ! dit Élisabeth avec compassion.

Quand son père fut sorti, elle resta un moment immobile, les yeux tournés vers le cadre où souriait Daphné. Qu'avait éprouvé tout à l'heure M. de Rüden quand son regard était tombé sur le portrait de sa première femme ? Cette émotion, qui n'avait pas échappé à Élisabeth, était-ce... du remords ?

Du remords d'avoir trahi autrefois la confiance de Daphné, brisé son amour, en se laissant prendre aux filets de Judith ?

Car la réflexion, certaines réticences d'Adélaïde, un mot échappé à Mme de Groussel, amenaient peu à peu Élisabeth à soupçonner que Mme de Combrond avait mis la désunion dans le ménage de ses parents.

IV

Elle en eut la confirmation quelques jours plus tard, le soir de la réception où elle avait dû promettre de paraître.

Adélaïde vint jeter un coup d'œil sur sa toilette et, avec un hochement de tête satisfait, déclara :

– Vous êtes très bien, ma petite fille... très, très bien. Votre pauvre maman, qui avait tant de goût et s'habillait si parfaitement, n'aurait, je crois, rien à critiquer.

Élisabeth passa une main nerveuse sur les cheveux qui bouclaient autour de son front. D'un mouvement vif, elle se tourna vers la vieille demoiselle qui la considérait avec complaisance.

– Adélie, maman était une femme charmante, n'est-ce pas ?

– Tout à fait charmante ! Une beauté blonde, discrète, mais sans fadeur, un esprit délicat, une élégance très fine. Oh ! oui, délicieuse, ma Daphné !

– Mon père et elle s'aimaient beaucoup ?

– Certes oui !

– Jusqu'à ce que parût Judith ?

La physionomie d'Adélaïde se troubla.

– Je ne sais... je...
– Si, vous savez, Adélie...
Élisabeth posait une main sur son épaule. Elle répéta, d'une voix qui frémissait :
– Vous le savez. Maman a été malheureuse à cause de cette femme ?
– Eh bien !... oui.
– Elle a beaucoup souffert ?
– Je le crois. Mais elle n'était pas d'une nature à se confier facilement, même à moi, dont elle connaissait pourtant tout le dévouement. Elle portait sa peine avec le courage d'une âme fière. C'était une très grande peine, certainement, car elle aimait tant son mari, elle avait une âme si sensible... Mais comment lutter avec une femme habile, terriblement séduisante comme cette Mme de Combrond ?

Élisabeth laissa retomber sa main, prit sur un siège son petit sac de satin perlé, une écharpe de dentelle blanche qu'elle jeta sur ses épaules. Puis elle se pencha pour mettre un baiser sur le front de la vieille demoiselle.

– Bonsoir, Adélie. J'espère ne pas rentrer trop tard. En tout cas, dormez tranquillement, ne m'attendez pas.

Adélaïde jeta un coup d'œil inquiet sur la physionomie un peu crispée, sur les yeux où s'allumait une lueur de douloureuse colère.

– Ne vous tourmentez pas trop de cela, ma chérie. Ce fut une grande épreuve pour votre pauvre maman, mais Dieu lui en a donné la récompense, et elle désapprouverait que vous conserviez du ressentiment à l'égard de ceux qui l'ont fait souffrir.

– Je suis encore trop imparfaite pour cela, ma bonne Adélie.

Sur ces mots, Élisabeth quitta la pièce. Elle descendit l'escalier de la tour et s'arrêta dans l'armurerie. Catherine avait convenu avec elle de venir la retrouver là, ainsi que Willibad, afin qu'elle se présentât avec eux parmi cette société où elle ne connaissait personne. Le frère et la sœur apparurent presque aussitôt. Dans la pénombre de cette pièce mal éclairée, ils se serrèrent la main, échangèrent quelques mots. Puis, par la galerie, tous trois gagnèrent le vestibule du rez-de-chaussée transformé en vestiaire. Les jeunes filles abandonnèrent là leurs écharpes. Dans la vive lumière des lampadaires, Catherine, vêtue de rose, apparut fraîche, vivante et rieuse à son ordinaire, quoiqu'elle attendît peu d'agrément de cette soirée à laquelle il lui avait paru difficile de ne pas faire au moins une apparition. Elle se tourna vers Élisabeth et considéra la souple silhouette vêtue de crêpe blanc, le visage un peu pâle ce soir, les yeux dorés comme la feuille d'automne, qu'une ombre semblait cerner.

– Oh ! vous êtes exquise, amie ! Cette toilette, d'une simplicité raffinée, vous sied admirablement. N'est-ce pas, Willibad ?

– En effet.

Cette voix brève, indifférente, ce regard qui l'effleurait à peine et se détournait aussitôt... Le cœur d'Élisabeth s'arrêta un instant, sous l'afflux d'une soudaine angoisse.

D'autres invités entraient. Les jeunes filles et le comte Rüden-Gortz s'en allèrent vers les salons. En présence de Judith, Élisabeth dut se raidir pour ne pas reculer. Souriante, affable, ne paraissant pas voir la subite rétraction de sa belle-fille, Mme de Rüden la présentait à ses hôtes. En dépit de la froideur dont elle voulait se faire un masque, ce soir, Élisabeth fut aussitôt très remarquée. Tout particulièrement, un homme d'une quarantaine d'années, de belle prestance et de mine intelligente, se montrait empressé près d'elle. C'était le peintre autrichien Franz Intzler, dont la vogue était grande dans toute l'Europe. Après avoir dansé avec lui, elle écouta, non sans intérêt, ses dissertations sur les maîtres de l'école hollandaise dont il était grand admirateur. Ils s'étaient assis dans la bibliothèque, où les danseurs n'avaient pas accès. En levant les yeux, Élisabeth aperçut tout à coup Willibad, debout dans une embrasure de porte. Les bras croisés, droit et mince dans le smoking porté par lui avec une élégance aisée, il regardait... Quoi ? Au fait, il avait l'air de regarder le haut de la bibliothèque devant laquelle étaient assis Élisabeth et Intzler.

Il se détourna tout à coup, brusquement. Agathe était derrière lui, Agathe, tout en blanc vaporeux, plus colombe que jamais. Sa voix roucoulante parvint jusqu'aux oreilles d'Élisabeth :

– Vous ne dansez pas, cher ami ?

– Non. La danse ne me dit plus rien. Du reste, comme personne n'a besoin de moi ici, je ne vais pas m'y éterniser. Je laisserai la voiture pour Catherine et rentrerai à pied.

Il s'écarta de la porte et s'éloigna, suivi d'Agathe.

Élisabeth n'écoutait plus Intzler que d'une oreille distraite. Au bout d'un instant, elle se leva en disant qu'elle allait retrouver Mlle de Groussel. L'Autrichien l'accompagna jusqu'au salon où Catherine, au milieu d'un groupe de jeunesse, causait gaiement. Elle s'assit près d'elle et demanda :

– Willibad est parti ?

– Il m'a dit qu'il ne s'attarderait pas et retournerait à pied chez nous. Puisqu'il ne veut pas danser, cette soirée ne représente pour lui qu'une corvée. Il a fait une apparition, c'est tout ce qu'on peut lui demander.

– Évidemment.

En elle-même, Élisabeth ajouta : « Et j'ai bien envie de l'imiter, puisque je ne suis pas non plus ici pour mon plaisir. »

Elle se sentait les tempes serrées, le cœur étreint par un malaise. Là-bas, à l'autre extrémité du salon, Judith était entourée d'une petite cour. Sa robe de soie orangée lamée d'argent, l'admirable collier de topazes – depuis deux siècles dans la maison des Rüden – qui entourait son cou d'un galbe parfait, l'étroit bandeau de diamants glissé entre les ondulations de ses cheveux noirs, composaient un ensemble étudié savamment pour faire valoir une beauté que la quarantaine, moins que jamais ce soir, ne semblait pas avoir touchée. Une tempête s'éleva dans l'âme d'Élisabeth. Cette femme... cette femme qui avait pris la place de sa mère, qui avait pris à Daphné son mari ! C'était trop insoutenable de la voir là, triomphante, admirée, heureuse.

Un danseur venait inviter Catherine. Un autre s'inclinait devant Élisabeth. Celle-ci refusa en disant qu'elle se sentait très fatiguée. Elle se leva, passa dans le petit salon et sortit par une des portes vitrées qui donnaient sur la terrasse.

Des invités se promenaient dans le parterre ou formaient des groupes où l'on causait en fumant. Quelques lampes aux verres de couleur répandaient une discrète lumière. Agathe, silhouette claire au bord de la terrasse, riait doucement au milieu d'une réunion de jeunes femmes jacassantes. Élisabeth se glissa dans la pénombre, le long de la charmille qui bordait le parterre du côté du potager, et descendit lentement les degrés menant au parterre inférieur. Elle sentait en tout son être une lassitude inaccoutumée. Fallait-il l'attribuer à cette pesante chaleur d'orage qui, ce soir, ne laissait place à aucun souffle ? Ne ferait-elle pas mieux de regagner dès maintenant la tour, au lieu de chercher un peu d'air dans cette atmosphère moite qui augmentait encore son malaise ?

Elle avançait d'un pas hésitant, le long du petit miroir d'eau où se reflétait la lumière voilée d'une lampe au verre couleur de safran. Une autre, à l'intérieur du temple de l'Amour, éclairait légèrement le jeune enfant et son carquois chargé de flèches. Élisabeth contourna la petite colonnade de marbre rose et s'avança vers la balustrade qui terminait là le parterre.

Mais quelqu'un s'y trouvait déjà. Un homme se tenait debout, les bras croisés, face aux monts disparus à cette heure dans la nuit. Il se détourna, eut une légère exclamation en apercevant Élisabeth qui s'était immobilisée.

– Ah ! c'est vous, Willibad !

Sa voix avait une intonation d'allégresse.

– ... Vous en avez assez, comme moi ?

Elle s'approchait de lui, un sourire détendant ses lèvres un instant auparavant crispées par sa secrète angoisse.

– Ah ! tout à fait assez ! Je l'ai dit à Agathe et j'ai filé à l'anglaise. Je comptais descendre par le sentier, mais il m'a pris l'idée de venir jusqu'ici...

Quel étrange accent avait sa voix ! Et ce ton d'insouciance affectée... Élisabeth cessa de sourire. Un frisson la parcourut. Comme un coup d'aile, une inquiétude mystérieuse venait de passer sur son âme.

– Je venais chercher un peu d'air, mais je crois que c'est bien inutile ce soir. Le plus raisonnable sera d'aller me coucher.

– Certainement. Je vais le faire aussi. Bonsoir, Élisabeth.

Elle lui tendit sa main toute brûlante, moins encore peut-être que celle qui la serra d'une brusque étreinte.

– Bonsoir. Vous direz demain à Catherine que j'ai dû me retirer, me sentant souffrante.

– Oui... Mais qu'avez-vous, Élisabeth ? Votre voix n'est plus la même.

Il penchait son visage pour tâcher d'apercevoir le sien dans la pénombre.

– ... Vous souffrez, dites-vous ?

– J'ai éprouvé une émotion très pénible en entendant confirmer par Adélie ce que je soupçonnais déjà.

– Vous soupçonniez quoi ?

– Ce que ma mère a souffert par la faute de mon père et de Judith.

Il dit à mi-voix, avec une douceur compatissante :

– Pauvre Élisabeth !

– Vous le saviez, Willibad ?

– Oui, ma mère m'avait parlé de tout ce passé. Elle aimait beaucoup votre mère, et tout d'abord tint quelque rigueur à la nouvelle comtesse de Rüden. Mais elle se laissa prendre ensuite par cette habile, astucieuse femme... et j'ai été assez fou pour faire comme elle, acheva-t-il entre ses dents.

– J'étais la seule à y voir clair, dit pensivement Élisabeth. Cela, ni elle ni Agathe ne me le pardonneront jamais.

– Oh ! certes ! Vous êtes une âme trop droite, trop pure pour que la perfidie ne s'acharne pas contre vous. J'aimerais mieux vous savoir loin d'elles, Élisabeth.

Elle leva les épaules.

– Que peuvent-elles me faire ? D'ailleurs, elles n'ont plus que peu de temps à demeurer ici.

– Votre belle-mère, oui. Mais Agathe a décidé de rester encore à Aigueblanche.

– Agathe ? Quoi, elle renoncerait au séjour à La Baule ?

– Oui... et c'est précisément ce qui me...

Il n'acheva pas sa phrase. Dans son accent, de l'angoisse passait. Son regard, accoutumé à cette demi-obscurité, contemplait avec une ferveur mêlée de désespoir cette blanche figure de femme si expressive, toute frémissante, ces yeux dont la chaude lumière se voilait dans la pénombre.

– Élisabeth, partez !

Il y avait une supplication passionnée dans cette voix qui fit tressaillir Élisabeth.

Elle protesta vivement :

– Partir, moi ? Quitter Montparoux ? Et à cause de cette... Agathe ? Certes non ! Que voulez-vous qu'elle me fasse, je le répète ?

– Elle peut vous nuire, Élisabeth. Elle peut...

– Quelqu'un vient, dit Élisabeth.

Willibad se détourna vivement. Un homme contournait la colonnade, s'avançait vers les jeunes gens. Quand il fut à quelques pas d'eux, ils reconnurent M. de Rüden.

– Ah ! tu es là, Élisabeth ?... Toi aussi, Willibad ?

Il appuyait légèrement sur ce « toi aussi ».

– Oui, je suis en conversation avec ma cousine. Ce n'est pas défendu, je suppose ? dit Willibad sur un ton de défi railleur.

– Heu !... Non mon cher. Mais qu'avez-vous donc de si confidentiel à vous dire, pour choisir cette solitude ?

– Rien de confidentiel du tout. Nous avons eu tous deux la même idée chacun de notre côté : venir nous recueillir un instant ici, en sortant de ces salons où nous ne trouvions qu'ennui. Je vois d'ailleurs que vous avez éprouvé un semblable désir, mon cousin.

Sur ces mots prononcés du même ton d'ironie mordante, Willibad se tourna vers sa cousine.

– Bonsoir, Élisabeth, dit-il avec une subite inflexion de douceur.

Il salua froidement M. de Rüden et s'éloigna d'un pas ferme.

– Pourquoi n'es-tu pas restée là-bas, comme Catherine ? demanda le comte.

– Willibad vient de vous le dire : avant de rentrer chez moi, je suis venue jusqu'ici dans l'espoir d'y trouver un air moins étouffant.

– Et tu y as trouvé Willibad ?

Quelque chose de singulier, dans l'accent de son père, surprit Élisabeth.

– Mais oui. Je le croyais reparti pour Aigueblanche.

– De quoi avez-vous parlé ?

Pourquoi lui posait-il cette question, sur ce ton bizarre ?

Ses nerfs, tendus depuis son entretien avec Adélaïde, firent monter en elle une soudaine irritation.

– Je pense que cela ne vous intéressera guère de le savoir... Nous parlions de ma mère, dit-elle presque durement.

– De... de ta mère ?

Élisabeth ne pouvait voir distinctement la physionomie de son père, mais elle perçut l'altération de sa voix.

– Oui. Vous en paraissez surpris ? Cependant, je la retrouve partout ici, dans ce parc, dans ces parterres où elle a si souvent passé, dans ces salons où je me la figure, telle qu'elle est dans son portrait au pastel, recevant ses hôtes avec cette grâce parfaite dont me parlait un jour Mme de Groussel. Ma chère maman ! Ma pauvre maman que j'aurais peut-être su consoler, si Dieu n'avait jugé meilleur pour elle de l'enlever plutôt à ce monde de misère.

Élisabeth parlait avec une ardeur concentrée, un peu âpre. Elle entendait près d'elle la respiration précipitée de son père. Après un court silence, M. de Rüden murmura :

– Que dis-tu ? La consoler... de quoi ?

Elle eut un rire bas, douloureux :

– Me demander cela, à moi ? Oh ! épargnez-vous cette feinte ! Bonsoir, mon père.

Elle s'écarta, se détourna brusquement. Sa forme blanche contourna la colonnade, disparut derrière le petit temple.

M. de Rüden resta un moment immobile. Des sons de jazz arrivaient jusqu'à lui. Là-bas, on dansait, on s'amusait... et lui, dans la pesante atmosphère d'orage, se sentait alourdi, abattu en tout son être moral et physique. Il fit quelques pas, appuya ses mains contre la balustrade et demeura là, face à la nuit qui enveloppait les monts et la vallée, cherchant un peu d'air pour sa poitrine oppressée. Il revoyait en pensée la blonde Daphné qu'il avait tant aimé, Daphné que venait d'évoquer sa fille, cette Élisabeth ardente et fière, prompte à la riposte, à la défense, et qui se faisait accusatrice... Cette Élisabeth vers laquelle il venait tout à l'heure, pénétré du soupçon versé en son esprit par Judith et Agathe.

Imaginations de femmes, sans doute, jalousie d'Agathe, que son mari délaissait.

Mais vérité peut-être aussi. Élisabeth avait tant de charme, un regard si merveilleux... Il soupira et courba les épaules en songeant :

« Il ne nous manquerait plus que cette complication ! »

V

Après des heures d'insomnie, Élisabeth se leva le lendemain matin courbatue, fiévreuse, si bien qu'Adélaïde l'obligea à se recoucher. Catherine vint la voir dans l'après-midi. Elle était fraîche comme à l'ordinaire et convint qu'elle ne s'était pas ennuyée ainsi qu'elle l'avait craint.

– Mais, ma pauvre chérie, je suis désolée de vous voir ainsi ! ajouta-t-elle affectueusement. Cette soirée ne vous a pas réussi. À Willibad non plus. Aujourd'hui, il est plus sombre que la plus sombre nuit. Abel aussi est tout drôle, tout songeur. Cette petite peste d'Agathe vous aurait-elle jeté un sort ? Et dire qu'elle a l'intention de rester quelque temps chez nous ! Je me demande ce qui lui a passé par la tête ?

Quand son amie fut partie, Élisabeth ferma les yeux et demeura immobile. La chambre s'obscurcissait, car un orage se formait et de lointains grondements commençaient à se faire entendre. Son cerveau fatigué essayait de ne plus penser, de s'engourdir. Vainement. Devant les yeux d'Élisabeth passaient les silhouettes de Judith dans sa robe couleur d'orange, aux scintillements argentés, de la blanche Agathe, de M. de Rüden ; à ses oreilles résonnait la voix de Willibad, suppliante, ardente, qui disait : « Partez, Élisabeth ! » Que craignait-il donc ? Agathe pouvait lui nuire, assurait-il. Comment ? Et cependant Calixte ne lui avait-elle pas fait une recommandation analogue, naguère ? « Prends garde à ta belle-mère, Élisabeth ! »

Non, certes, elle ne partirait pas ! Elle ne quitterait Montparoux qu'au début de l'hiver, comme elle l'avait décidé. Mais elle éviterait le plus possible de rencontrer sa belle-mère et Agathe. Celle-ci – il fallait du moins l'espérer – ne s'attarderait pas indéfiniment à Aigueblanche. Jusqu'à son départ, Élisabeth s'abstiendrait de s'y rendre. Elle en dirait tout simplement la raison à Catherine, qui la répéterait à sa mère et à ses frères. Willibad, en tout cas, n'en serait pas surpris, puisqu'il l'avait mise en garde contre Judith et sa fille.

Oh ! qu'elle partît vite, cette Agathe ! Qu'elle partît pour que Willibad en fût délivré, pour qu'il ne s'enfermât plus dans cette

Troisième partie

sombre tristesse dont venait de parler Catherine !

L'orage, qui éclata au début de la soirée, augmenta la fatigue, la nervosité d'Élisabeth. Elle ne se sentait pas bien encore le jour suivant et ne quitta pas la tour, jusqu'après le dîner où sur le conseil d'Adélaïde, elle sortit pour profiter de l'air devenu presque frais. Comme elle allait s'engager dans le parterre, elle vit venir M. de Rüden qui s'exclama :

– Tiens, te voilà ! j'allais justement chez toi... Tu n'as pas bonne mine ?

– J'ai été souffrante. Je me sens un peu mieux ce soir et j'allais prendre l'air. Vous aviez à me parler, mon père ?

– Oui. Rien que d'agréable à te dire, mon enfant...

Il avait sans doute remarqué le subit raidissement d'Élisabeth, l'accent plus sec de sa voix.

– ... Une demande en mariage.

Elle répéta sur un ton de froide surprise :

– Une demande en mariage ? Pour moi qui ne connais personne ?

– Pardon, tu connais Franz Intzler.

– Franz Intzler ?... Ce monsieur avec qui j'ai dansé quelques instants ?

– Oui, Intzler, le grand peintre, sur qui tu as fait une profonde impression.

– Ce n'est pas réciproque, dit ironiquement Élisabeth.

Tout en parlant, ils s'étaient mis à marcher le long du parterre. Dans le frais crépuscule s'exhalaient des parfums de résine et de buis. Le son d'un piano, une voix de femme chantant un lied de Schumann arrivaient jusqu'à eux, venant des salons du château neuf.

– Il ne te plaît pas ?

– Il m'est indifférent, voilà tout.

– Cependant, il est très recherché. Fort riche, déjà, et un homme tout à fait arrivé. Aimable, intelligent, d'une bonne famille de la bourgeoisie viennoise, et connu de toute l'Europe. C'est un parti absolument inespéré pour toi. Il m'a demandé cet après-midi ta main et j'ai dû lui promettre de te parler le plus tôt possible.

– Vous lui direz que je regrette de le décevoir, mais que je ne veux pas me marier.

– Ce serait une folie, Élisabeth ! Dans ta situation, sans dot...

– J'aime cent fois mieux travailler que de faire un mariage de ce genre.

– Oui, oui, mais tu changeras peut-être d'avis, plus tard, quand tu auras bien peiné pour arriver à une situation médiocre, alors que tu pourrais être une femme adulée, enviée...

– Ce ne sont pas des considérations qui agissent sur moi, mon père.

Il jeta un coup d'œil irrité sur le ferme profil, sur la bouche résolue.

– Tu as toujours la même nature intraitable, je le vois. C'est fou, de refuser un pareil mariage ! Aurais-tu, par hasard, quelque... sentiment pour... un autre ?

Il hésitait, maladroit dans ce rôle d'inquisiteur. Élisabeth tourna vers lui son visage fatigué, ses yeux surpris.

– Un autre ? Certes non ! Mon oncle aurait voulu me faire épouser un ami d'Horace, mais je l'ai refusé, comme je refuse votre candidat, mon père.

– C'est bon. Tu réfléchiras jusqu'à demain. J'attendrai pour donner la réponse à Intzler.

Il s'éloigna après un bref bonsoir. Élisabeth resta un moment immobile, puis, revenant un peu sur ses pas, elle traversa la cour ou la sirène de pierre verdie par la mousse penchait sa tête mélancolique vers le petit bassin desséché. Dans la vieille salle ruinée, l'arc d'ogive de la baie s'ouvrait sur la nuit commençante. Les sapins, sur les pentes, n'étaient plus que de sombres masses indistinctes. Ce doux crépuscule d'été allait finir. Élisabeth, levant les yeux, vit scintiller quelques étoiles. Puis elle les ramena vers la terre et leur regard erra le long de la vallée, jusqu'à cette allée d'ormes qu'il ne voyait pas, qu'il devinait dans l'ombre légère. À cette heure, ils devaient être tous les quatre dans le jardin, devant les fenêtres du salon. Tous les quatre... et Agathe aussi, peut-être ? Non, Agathe passait les soirées à Montparoux depuis que le château avait des hôtes. Ils étaient donc seuls, délivrés de cette présence. Willibad en ressentait-il quelque détente ? Avait-il encore ce visage « sombre comme la plus sombre nuit » ?

Le cœur d'Élisabeth se gonflait d'émotion douloureuse. Un peu penchée, elle regardait ardemment vers Aigueblanche et songeait : « Que ne puis-je lui enlever cette souffrance ! Ah ! le rendre heureux, au prix même de ma vie ! »

Elle eut un long frisson. À cet instant même, dans ce cri passionné de son cœur, tout s'éclairait pour elle.

Ses genoux fléchirent, elle glissa sur le sol et appuya ses bras contre l'appui de pierre. Le visage entre ses mains brûlantes, elle se mit à sangloter.

*

Quand Adélaïde, le lendemain matin, s'inquiéta de sa mine altérée, elle reçut d'Élisabeth cette stupéfiante réponse :

– Je ne me sens pas bien, en effet, et je crois que l'existence à Montparoux ne me vaut rien. Nous irons finir l'été en Bretagne, à Kérity, dans cette petite pension de famille dont nous parlait Muriel, l'amie d'Alison.

– Vous voulez... quitter Montparoux ? balbutia la vieille demoiselle.

– Oui, ma bonne Adélie. L'air de la mer me fera certainement grand bien. Puis je serai loin de Judith, d'Agathe, de...

Ses lèvres pâlies se crispèrent, sa voix s'altéra en achevant :

– De bien des choses ennuyeuses.

– Mais votre cousin va arriver !

– En une huitaine de jours, il pourra parcourir les alentours. Peut-être nous accompagnera-t-il jusqu'en Bretagne. C'est entendu, Adélie, nous partirons avant le 15 août.

– Bien, ma petite fille, je n'y vois pas d'inconvénient, du moment où c'est pour votre plaisir.

– Mon plaisir...

Élisabeth contint avec peine le sanglot qui lui montait à la gorge.

– ... Oui, pour mon plaisir, c'est cela. J'aime beaucoup la mer, je serai très contente de la revoir. Maintenant, je vais jeter un coup d'œil sur la chambre de grand-mère, puisque Horace m'annonce son arrivée pour samedi.

– Oui, allez, mon enfant. Aglaé va venir tout à l'heure et vous lui donnerez vos instructions... Mais c'est Catherine qui va être peinée de votre départ ! Elle vous aime tant !... Ils vous aiment tous, d'ailleurs, à Aigueblanche.

Élisabeth, sans mot dire, quitta la chambre d'Adélaïde avec une sorte de hâte. Ce rappel d'Aigueblanche, c'était encore trop cruel pour elle qui venait, au cours des heures nocturnes, de prendre cette dure décision, si terriblement combattue par le déchirement de son cœur, par des voix insidieuses qui murmuraient : « Tu ne seras peut-être pas seule à souffrir. »

Il fallait qu'elle agît, qu'elle travaillât pour ne plus les entendre, ces voix affreuses, ces voix ensorcelantes. Dans la chambre de l'aïeule, elle allait et venait, cherchant ce qu'elle pourrait ajouter à son confort assez relatif. Près de la fenêtre où se tenait habituellement assise Mme de Rüden, il y avait toujours son fauteuil et sa petite table, Élisabeth, en les regardant, revécut sa dernière entrevue avec la vieille dame. Elle alla au meuble à deux corps, ouvrit le tiroir secret. Les écrins vides étaient toujours là.

Quand elle se détourna, son regard tomba sur le grand lit de chêne recouvert de sa courtepointe en soie jaune fanée. Elle eut un long frisson. L'aïeule mourante, son terrible sourire, et la voix avide, haletante, qui suppliait la moribonde, comme tout cela demeurait net dans son souvenir ! Horrible scène, qui avait pour toujours marqué son âme d'enfant.

Écartant ces réminiscences douloureuses, Élisabeth alla chercher balai et essuie-meubles et fit le ménage des deux pièces qu'elle destinait à Horace. La pensée de revoir ce calme visage, ces yeux gris dont l'expression était si ferme, si loyale, lui semblait déjà un réconfort. Cher Horace, qu'elle se réjouissait tant auparavant de recevoir à Montparoux ! Comme il faudrait qu'elle prît garde de bien renfermer son cruel secret, si elle ne voulait pas que cet esprit trop clairvoyant le devinât !

Dans l'après-midi, quand la chaleur fut un peu tombée, Élisabeth quitta la tour avec son attirail de peinture. Elle voulait reproduire ce coin de l'étang où était morte sa mère, afin d'emporter ce souvenir dans son exil, puisque très probablement elle ne reverrait plus Montparoux. Cette fois, elle s'en alla par les petits sentiers feutrés de mousse, embarrassés de ronces, au long desquels, parfois, clapotait un ruisseau. Le bruit d'une cognée troublait seul le silence dans l'ombre chaude où avançait Élisabeth. Elle songea tout à coup qu'il lui faudrait ce soir écrire un mot à son père, pour lui réitérer son refus au sujet de Franz Intzler. Ce matin, dans sa fatigue physique et morale, elle avait complètement oublié qu'il lui avait dit de réfléchir jusqu'au lendemain.

Vraiment, pouvait-il sérieusement supposer que la fortune, le prestige de cet étranger complètement inconnu la veille auraient quelque effet sur elle ?

Mais ce n'était là qu'un petit ennui, qui passait à peu près inaperçu dans le grand orage où se débattait son cœur.

Le bruit de la cognée se rapprochait. Quand elle arriva au bout du sentier qui débouchait non loin de l'étang, elle aperçut entre les troncs d'arbres Benoît, le jeune jardinier, occupé à abattre les basses branches d'un mélèze.

C'était l'heure où le soleil, déjà incliné vers l'horizon, n'éclairait plus que la partie de l'étang où voguaient les plantes aquatiques. Élisabeth installa son chevalet, s'assit et considéra pensivement le cadre forestier qu'elle voulait reproduire en premier lieu. Mais au bout de quelques minutes, des pas légers lui firent tourner la tête.

Elle vit Agathe qui venait à elle, tenant son fils par la main.

Le sang monta à son visage sous la poussée d'une émotion violente. Elle, en ce moment !... Cette odieuse Agathe !

– Vous travaillez, Élisabeth ? Vous voulez peindre l'étang ?

– Une partie, du moins.

Par un intense effort de volonté, Élisabeth réussissait à bander ses nerfs, à donner un accent calme à sa voix.

– J'aurais aimé peindre, mais les cours qu'il fallait suivre me fatiguaient.

– Ou plutôt vous n'aviez pas le courage de les suivre, dit nettement Élizabeth.

Elle savait que c'était l'habitude d'Agathe de prétexter sa santé, soi-disant délicate, pour voiler sa paresse.

La jeune femme eut un rire doux et moqueur.

– Aimable Élisabeth ! Mais je ne m'offense pas de vos coups de boutoir, heureusement. C'est une obligation de votre nature ; il faut prendre celle-ci comme elle est. En tout cas, telle que vous êtes, vous avez produit un effet foudroyant sur Intzler, comme père a dû vous le dire ?

Élisabeth ne répondit pas. Elle songeait :

« Qu'elle s'en aille ! Qu'elle s'en aille ! » Ses doigts se crispaient sur le manche d'un pinceau. Agathe se penchait vers elle en parlant et elle sentait monter à ses narines le délicat parfum de jasmin dont se servait la jeune comtesse Rüden-Gortz.

– ... Vous allez faire bien des envieuses, chère, car c'est un homme très recherché. Quelle charmante existence vous mènerez près de lui, à Paris et dans les principales villes d'Europe et d'Amérique ! Vraiment, si je n'aimais tant Willibad, malgré nos petits... dissentiments, je serais presque jalouse de vous.

Élisabeth se sentait à bout de nerfs. Sous le ton de badinage, le joli démon aux yeux célestes distillait son poison perfide qui – le savait-il ? – atteignait aux plus secrètes profondeurs d'un cœur déchiré.

À ce moment, le petit Thierry s'écria :

– Je veux faire une promenade en bateau !

– Mais non, mon chéri, pas aujourd'hui. Nous demanderons à grand-père de venir avec nous un de ces jours.

– Non, je veux maintenant !

– C'est impossible, je ne sais pas ramer.

– Mais elle sait, elle !

Thierry tendait son doigt vers Élisabeth.

– Ah ! c'est vrai !... Chère Élisabeth, Catherine m'a dit que vous canotiez très bien. Voulez-vous faire ce plaisir à mon petit Thierry ?

Miel, suavité de cette voix. Mais elle donnait à Élisabeth l'envie de grincer des dents.

– Je n'ai pas le temps, Agathe. Je veux avoir fait une esquisse avant que le soleil quitte l'étang.

– Eh bien ! nous attendrons... n'est-ce pas, Thierry ? Allons nous asseoir dans le pavillon.

Toujours cette sournoise ténacité. C'était par elle, sans doute, qu'Agathe avait réussi à obtenir, autrefois, ce qu'elle désirait : son mariage avec Willibad.

Élisabeth, secrètement exaspérée, pensa :

« Autant vaut que je m'en débarrasse tout de suite. Après, elle me laissera sans doute tranquille. »

Et elle dit tout haut, sèchement :

– Puisque vous y tenez tant, venez... cinq minutes seulement.

– Cinq minutes, c'est cela. Mais Thierry a été très sage, aujourd'hui, et j'avais promis de lui accorder ce qu'il me demanderait.

Élisabeth, en se levant, répliqua ironiquement :

– Promesse dangereuse à l'égard d'un enfant. S'il vous demandait la lune ou les étoiles...

– Eh bien ! je tâcherais de les lui donner. C'est bien assez que son père le traite si sévèrement. Je veux, moi le rendre heureux.

Élisabeth se retint de lever les épaules. Sottise, sottise ! Malheureux Willibad ! Quel avenir l'attendait avec cette femme et cet enfant qu'elle voulait modeler à sa ressemblance ?

Au bas des degrés du pavillon, le canot était attaché à sa chaîne. M. de Rüden l'avait acheté deux ans auparavant pour complaire à un caprice de sa belle-fille, qui voulait faire des promenades sur l'étang. Ainsi qu'il advenait souvent de ces fantaisies, celle-ci n'avait guère eu de suite. Cette année, jusqu'alors, Élisabeth seule s'était servie de la petite embarcation.

Quand Agathe et son fils furent assis, elle la détacha, puis, ayant pris les rames, elle s'éloigna sur l'eau paisible où l'ombre s'étendait, bienfaisante après les heures chaudes de la journée.

Thierry laissait pendre sa main dans cette eau qu'il s'amusait à agiter. Agathe, souriante sous sa capeline blanche, était assise en face d'Élisabeth. Sa robe couleur d'eau verte accentuait cette apparence de fine porcelaine du teint si délicatement rosé. Elle regardait Élisabeth avec un air de candide curiosité.

– Vous avez mauvaise mine. Il paraît que vous avez été souffrante ?

– Oui, un peu.

– C'est pour cela que vous avez quitté si tôt les salons, l'autre soir ?

– C'est pour cela.

La brièveté des réponses ne parut pas décourager Agathe, car elle reprit après un court silence :

– Willibad aussi est parti très vite.

Quel drôle de petit sourire elle avait ! Mais elle continuait de regarder ingénument Élisabeth.

– Si cette soirée l'ennuyait, il a eu bien raison.

– Oh ! évidemment ! Je ne lui en garde pas rancune. Il a pu trouver plus agréable d'aller rêver dans la nuit... où il a eu la charmante surprise de vous rencontrer.

Les rames frappèrent l'eau si violemment que des gouttes jaillirent sur la jeune femme et l'enfant.

– Oh ! que vous prend-il ? Vous nous mouillez, Élisabeth !

Mais Élisabeth ne s'excusa pas. Laissant reposer les rames, elle regarda Agathe droit dans les yeux.

– Assez d'insinuations ! Parlez franchement une fois dans votre vie, si vous en êtes capable.

Le rire musical d'Agathe s'éleva.

– Parler franchement ? Oh ! il n'en est besoin, chère Élisabeth ! Vous me comprenez tout à fait bien, je le vois à votre grand air d'indignation... Thierry, ne te penche pas comme cela !

– Je veux les fleurs !

Le canot était arrêté près du petit jardin flottant des nénuphars. L'enfant tendait vers eux sa main en répétant :

– Les fleurs !... Je veux !

Il se pencha, bascula. Sa mère étendit le bras pour le saisir. Elle fit ainsi incliner le canot et fut précipitée à l'eau avec l'enfant.

Élisabeth jeta un grand cri, se leva brusquement et plongea dans l'étang. Elle réussit à saisir la robe d'Agathe, et presque aussitôt celle-ci s'agrippa à elle. Pendant un moment, Élisabeth crut qu'elles allaient couler toutes deux. Agathe, heureusement, perdait connaissance. Lui saisissant le bras, Élisabeth, excellente nageuse, réussit à gagner la berge où déjà accourait le jeune jardinier qui avait entendu ses appels. Il saisit Agathe, la hissa sur l'herbe. Élisabeth lui cria :

– Portez-la vite au château ! Je vais chercher l'enfant !

Et elle revint à l'endroit où était tombé Thierry. Mais le petit corps avait déjà coulé. Elle dut regagner sans lui la rive et se mit à courir, autant que le lui permettaient ses vêtements ruisselants. Dans l'escalier de la tour, elle appela Adélaïde et, interrompant ses exclamations d'effroi, elle lui cria :

– Allez vite dire à mon père que je n'ai pas pu sauver Thierry ! qu'il est resté dans l'étang !

Puis, ayant gravi les dernières marches, elle s'affaissa, inanimée.

Quatrième partie

I

Willibad entra dans la chambre qui était celle de sa femme à Montparoux. Il s'arrêta à quelque distance du lit laqué garni d'une claire soierie brodée, sur lequel reposait Agathe, morte. Peu avant de tomber à l'eau, elle avait fait, selon sa coutume, un goûter copieux, et la congestion l'avait saisie aussitôt.

Elle semblait une statue de l'innocence endormie. Sa bouche avait le sourire ingénu qui lui était habituel. Le reflet des bougies allumées sur une petite table voisine se jouait sur le visage couleur d'ivoire qui semblait parfois se colorer fugitivement.

Willibad, en tournant un peu la tête, vit le petit lit sur lequel était étendu le corps de son fils. On l'avait retrouvé au matin, près des nénuphars. Un léger voile blanc couvrait son visage que le séjour dans l'eau avait un peu défiguré.

Non loin de Willibad, quelqu'un bougea. Il aperçut alors Blanche, la femme de chambre de Judith qui avait été la nurse d'Agathe. Elle venait de se lever du siège où elle était assise et faisait un pas vers le jeune comte.

– Comment est-ce arrivé ? dit-il à mi-voix. Chez moi, on n'a pu me donner de détails. Ma sœur sait seulement que c'est au cours d'une promenade en canot...

– Des détails, nous n'en avons pas...

Blanche parlait d'une voix rauque, qui semblait lui déchirer la gorge. Ses yeux glacés, que Willibad avait toujours trouvés désagréables à regarder, avaient une expression un peu hagarde.

– ... Il n'y a que Mlle Élisabeth qui pourrait en donner, mais elle est malade et l'on n'a pu encore l'interroger.

– On m'a dit que l'aide-jardinier était accouru aux cris de ma cousine ?

– Oui, mais il n'a pas vu comment avait eu lieu l'accident.

Quelque chose dans la voix de Blanche éveilla l'attention de Willibad. Il remarqua mieux à ce moment sa figure altérée, comme meurtrie par les larmes. Il savait, par Agathe, que cette femme avait une affection fanatique pour sa jeune maîtresse. Cette mort devait la bouleverser profondément.

Se détournant, Willibad prit le goupillon posé sur la table et jeta de l'eau bénite sur la jeune morte souriante parmi les roses qui ornaient sa couche. Aucune émotion ne s'éveillait en lui.

Du vivant d'Agathe, il avait dû faire appel à toutes ses forces spirituelles pour combattre ces sentiments qu'elle lui inspirait, et qui ressemblaient si fort parfois à de la haine. Oui, il avait haï sa fausseté, sa perfide méchanceté. Maintenant, Agathe avait paru devant la Justice suprême et elle commençait de n'être pour lui qu'un mauvais souvenir.

Il s'approcha du lit de Thierry, écarta le voile et mit un baiser sur le front glacé. Se souvenait-il du mot dit un jour par lui à Élisabeth ? « J'aimerais mieux le voir mort, s'il devait devenir un jour semblable à elle. » Et il était là, sans vie, cet enfant dont il avait accueilli la naissance avec une secrète joie, ce petit Thierry dont il avait vu avec désespoir s'accentuer chaque année la ressemblance physique et morale avec sa mère. Son vœu, sorti d'un cœur déchiré, avait été exaucé.

Une porte s'ouvrit en face de lui, une femme vêtue de noir parut sur le seuil.

– Vous voilà enfin, Willibad ! dit la voix de Judith.

– Oui. La dépêche de ma mère ne m'a pas trouvé hier à Besançon, car j'étais déjà parti pour Poligny. J'ai appris le malheur en arrivant tout à l'heure chez moi.

– Venez, j'ai à vous parler.

Il entra à sa suite dans la pièce voisine, qui était un petit salon séparant les chambres de la mère et de la fille. Judith alla jusqu'à la fenêtre, puis se tourna vers lui et demanda brusquement :

– Peut-être n'avez-vous pas eu encore le temps de réfléchir à la singularité de cet accident ?... à son opportunité, dirai-je même ?

– La singularité ?... L'opportunité ?

Il la dévisageait avec une surprise mêlée de subite méfiance. Elle était pâle, avec des cernes bleuâtres sous les yeux. Mais ces yeux, d'une étrange nuance, luisaient comme ceux d'un fauve.

– Oui, je le répète : l'opportunité. Cette promenade sur l'étang, Agathe n'en avait pas la moindre idée quand elle est partie avec

Thierry pour se promener dans le parc. « On » la lui a suggérée... puis, une fois sur l'eau, il a été facile de...

Willibad eut un haut-le-corps.

– Qu'osez-vous insinuer là ?

Le sang montait à son visage, sous la poussée de l'indignation.

– Je n'insinue pas : je dis franchement ce que je soupçonne. Ma pauvre Agathe avait deviné la jalousie d'Élisabeth, elle connaissait la haine que celle-ci lui portait. Elle en a été victime, j'en suis persuadée...

– C'est abominable ! Je vous défends de dire un mot de plus contre Élisabeth ! Elle !... elle qui a essayé de les sauver, d'après ce que l'on m'a dit...

– Qui a fait semblant, plus probablement.

Benoît n'a pu voir comment l'accident s'est produit. Quand il est arrivé à l'étang, Élisabeth ramenait le corps d'Agathe, un corps sans vie. Elle lui a dit de l'emporter et qu'elle allait chercher Thierry qui avait disparu. Tout cela laisse un doute affreux...

– Ce qui est affreux, c'est que vous osiez élever une telle accusation contre Élisabeth ! Pauvre Élisabeth, si noble, si droite !

– Naturellement, vous la défendez !

Le sarcasme vibrait dans la voix de Judith.

– ... Ma pauvre chérie n'ignorait pas non plus vos sentiments à l'égard de votre cousine. Elle, qui vous aimait toujours, a souffert en silence. Néanmoins, elle n'aurait pas fait un geste pour nuire à Élisabeth. Mais celle-ci n'a pas eu ce scrupule. Elle a supprimé l'obstacle qui la séparait de vous et, en même temps, l'enfant qui aurait rappelé Agathe...

Une main dure saisit le bras de Mme de Rüden et le serra si fortement qu'elle jeta un cri. Willibad, la mâchoire crispée, les yeux brûlants de fureur, penchait vers elle son visage maintenant blêmi.

– Vous êtes une misérable ! Toujours, vous avez détesté votre belle-fille, vous l'avez calomniée, perfidement, comme vous savez si bien le faire. Maintenant, vous l'accusez d'être une meurtrière ! La mesure est vraiment comble, cette fois !

Judith se dégagea, en toisant son gendre avec une froide insolence.

– Comble ou non, je n'en garde pas moins mon opinion. Et je vous dis ceci, Willibad : ne pensez pas à épouser Élisabeth, jamais, car je ne laisserai pas faire un pareil mariage, qui serait une injure à mon Agathe !

– Je voudrais bien savoir comment vous empêcheriez cela !

En croisant brusquement les bras sur sa poitrine, Willibad la considérait avec un air de dur sarcasme.

– Eh bien ! vous le saurez !

Là-dessus Judith passa devant son gendre et entra dans la chambre mortuaire.

Willibad quitta le salon et descendit rapidement l'escalier pour gagner la galerie qui menait à la tour. Il n'avait même pas l'idée de parler à M. de Rüden au sujet de l'inconcevable accusation portée par cette femme contre Élisabeth. De longue date, il savait qu'il n'était qu'un fantoche entre les mains de Judith. Cependant, il fallait qu'Élisabeth fût défendue contre la haineuse perfidie de sa belle-mère. En quittant Montparoux, il irait trouver l'abbé Forgues et tous deux conviendraient de la conduite à tenir.

Quoi qu'il fît pour maîtriser son bouleversement, Adélaïde eut une exclamation lorsque, ouvrant la porte de sa chambre à laquelle il avait frappé, elle vit son visage altéré.

– Oh ! c'est une terrible chose, n'est-ce pas ? Tous deux !... Ce pauvre enfant !

– Oui, terrible...

La voix de Willibad était un peu étranglée.

– ... Comment va Élisabeth ?

– La fièvre nerveuse semble passée, mais elle a maintenant de la prostration. En ce moment, elle sommeille. Catherine est près d'elle.

– Elle s'est jetée à l'eau pour essayer de les sauver, n'est-ce pas ?

– Oui, la pauvre chérie ! Dans sa fièvre, elle répétait : « J'ai fait ce que j'ai pu ! » Le docteur avait défendu de l'interroger, mais ce matin, d'elle-même, elle m'a raconté ce qui s'était passé. Agathe a insisté pour qu'elle leur fît faire ce tour sur l'étang que réclamait Thierry. Celui-ci, à un moment, s'est penché pour essayer d'atteindre un nénuphar. Agathe a voulu le retenir et, faisant pencher le canot par ce mouvement, est tombée avec lui. C'est alors qu'Élisabeth s'est jetée à l'eau, a saisi Agathe et a réussi à la ramener à la rive. Mais, quand elle est revenue à l'endroit de l'accident, Thierry avait disparu.

– En fait, elle a risqué sa vie pour eux.

– Évidemment, car Agathe, en s'accrochant à elle, a failli paralyser ses mouvements. Si la congestion ne l'avait pas saisie aussitôt, il y aurait eu peut-être une troisième victime.

La vieille demoiselle frissonna à cette évocation.

– Une troisième victime... Élisabeth, dit lentement Willibad dont les lèvres tremblaient. Élisabeth que...

Il s'interrompit. Non, il était inutile d'inquiéter cette pauvre femme en lui apprenant l'odieuse manœuvre de Judith pour nuire à sa belle-fille.

– Cet affreux accident lui a donné une forte commotion nerveuse, reprit Adélaïde. Elle n'était déjà pas bien depuis quelques jours. Certainement, elle avait quelque souci qu'elle voulait me cacher. Hier matin, elle m'avait annoncé que nous partirions d'ici avant le 15 août pour aller en Bretagne.

– Elle voulait partir d'ici ? répéta Willibad.

– Cela vous étonne aussi ? Elle était un peu bizarre, un peu nerveuse, depuis quelques jours. C'est à la suite d'un entretien avec son père, venu la trouver ici, qu'elle a pris cette décision tout à fait imprévue.

– Ah ! c'est à la suite de...

Il pensa :

« Il y a là encore quelque méchanceté de Judith. »

– Enfin, conclut Adélaïde, je suis bien contente que M. Meldwin arrive après-demain, car cela lui changera un peu les idées.

– Il arrive après-demain ? Je serai heureux de faire sa connaissance.

Horace Meldwin, le cousin dont Élisabeth vantait la droiture, l'esprit réfléchi, la subtile intelligence... Celui-là aussi pourrait être un défenseur.

Catherine parut à ce moment, sortant de la chambre d'Élisabeth. En refermant doucement la porte, elle dit à mi-voix :

– Elle dort. Je reviendrai demain matin. Je la trouve vraiment mieux, mademoiselle.

– Oui. Mais quelle peur j'ai eue, quand elle est tombée là, hier ! Heureusement, Florestine a entendu mes appels et est descendue pour m'aider. À nous deux, nous l'avons déshabillée, couchée et fait revenir à elle. Cette bonne Florestine m'a été d'un grand secours.

Willibad demanda :

– Son père n'est pas venu la voir ?

– Si, hier soir. Je lui avais donné un calmant prescrit par le docteur et elle reposait à ce moment-là. Il m'a posé des questions auxquelles je n'ai pu répondre, puisque alors Élisabeth ne m'avait encore rien dit sur la façon dont s'était produit l'accident. Je lui ai trouvé un air bizarre, comme gêné.

– C'est un rude coup pour Mme de Rüden, dit Catherine. Sa fille, et ce pauvre petit Thierry... Si peu sympathique qu'elle soit, il faut cependant la plaindre.

Willibad ne fit pas écho à ces paroles de sa sœur. Ses lèvres eurent un pli d'amertume, tandis qu'il songeait :

« La plaindre, cette femme qui ne pense qu'à se venger bassement sur Élisabeth du mépris où celle-ci et moi tenions sa fausseté et celle de sa fille ? Ma pauvre Catherine, tu ne parleras plus ainsi, quand tu sauras. »

II

Dans la matinée du surlendemain, la voiture d'Horace Meldwin croisa un convoi funèbre sur la route qui menait de Montparoux à Sauvin-le-Béni. Deux cercueils, l'un drapé de noir, l'autre, beaucoup plus petit, de blanc, voisinaient sur le char funèbre, tous deux couverts de fleurs. Horace eut le temps de remarquer au passage le ferme profil, la mince et droite silhouette de l'un des deux hommes qui conduisaient le deuil.

Par Damien, qui lui ouvrit la grille du château, il apprit l'accident qui avait causé la mort de la comtesse Rüden-Gortz et de son fils. Le vieux domestique ajouta que Mlle Élisabeth allait beaucoup mieux aujourd'hui et qu'elle attendait avec impatience M. Meldwin.

Quand son cousin entra, Élisabeth se leva du fauteuil où elle était assise et alla vers lui, les deux mains tendues.

– Quelle joie de vous revoir, Horace !

– Chère Élisabeth, il paraît que vous avez été bien secouée ? Votre physionomie en porte encore les traces.

– Damien vous a raconté ?...

– Succinctement. Mais vous me direz tout cela plus tard. Mieux vaut ne pas remuer encore ces pénibles souvenirs. Parlons d'autre chose.

Et il donna des nouvelles de son père, d'Alison, de tous ceux qu'Élisabeth avait connus en Angleterre. En l'écoutant, en voyant son rassurant sourire, la ferme bonté de son regard, elle sentait descendre en elle un apaisement. Ses nerfs, surexcités par la commotion morale subie trois jours auparavant et mal calmés encore, se détendaient enfin vraiment. Elle décida de se rendre avec son cousin à Aigueblanche, dans l'après-midi, pour le présenter à Mme de Groussel et à ses enfants.

– Je pense que je dois aussi aller voir votre père et votre belle-mère aujourd'hui ? dit Horace.

– Sans doute. Mais peut-être ne vous recevront-ils pas... elle, du moins. Ce matin, on a enterré sa fille et Thierry.

– J'ai rencontré le convoi tout à l'heure... et j'ai aperçu le comte Rüden-Gortz... brun, grand, mince, comme vous me l'avez dépeint naguère. À côté de lui devait être votre père, mais je n'ai pas eu le temps de le distinguer. Après tout, à la réflexion, mieux vaudra que j'attende à demain pour cette visite.

Mais Horace devait quand même faire la connaissance de M. de Rüden ce jour même. Le comte apparut chez sa fille au début de l'après-midi. Elle s'entretenait avec son cousin et Adélaïde dans la pièce qui servait de salle à manger. Il parut contrarié à la vue du jeune homme et la cordialité qu'il lui témoigna ensuite avait quelque chose de contraint. Horace, observateur très fin, eut l'impression que sa présence le gênait. Il allait se lever en alléguant son désir de faire un tour dans le parterre, quand une question de M. de Rüden à sa fille lui fit changer d'avis.

– Voudrais-tu, Élisabeth, me faire un récit exact de cette tragique promenade sur l'étang ?

Le ton, un peu brusque et presque menaçant, surprit le jeune homme, et sans doute aussi Élisabeth, car elle regarda son père avec un visible étonnement.

En termes brefs, avec une altération dans la voix quand elle arriva au moment, si court, du drame, elle raconta ce qui s'était passé depuis l'instant où Agathe, tenant Thierry par la main, l'avait abordée sur la rive de l'étang. M. de Rüden l'écoutait d'un air perplexe, en tapotant nerveusement le bras de son fauteuil. Il eut un hochement de tête dubitatif quand Élisabeth conclut :

– Je croyais du moins avoir sauvé Agathe. On m'a dit qu'elle avait succombé à une congestion ?

– Oui. Tu ne savais pas qu'elle avait l'habitude de goûter vers cette heure-là ?

– Si, je le savais, car je l'ai vue plusieurs fois à Aigueblanche prendre des tasses de chocolat ou de thé avec des pâtisseries plus ou moins lourdes, dont elle raffolait.

– Ah ! si tu savais...

Horace prêtait l'oreille avec une attention aiguisée. Singulière question, singulier accent... Il regardait le visage dont les traits fins s'affaissaient, dont la bouche molle dénotait une redoutable faiblesse de caractère. Un être amorphe, dont la volonté n'existait plus.

Après un petit temps de silence, M. de Rüden reprenait, d'une voix qui hésitait un peu :

– N'as-tu pas idée que tu aies pu, à un moment, provoquer ce mouvement du canot qui a précipité à l'eau Agathe et l'enfant ?

Les sourcils d'Élisabeth se rapprochèrent, en signe de vive surprise.

– Mais, mon père, je vous ai expliqué ce qui s'était passé. C'est Thierry qui a voulu cueillir une fleur, et ainsi a déterminé la catastrophe. Je n'ai pu qu'essayer de les sauver tous deux. Si vous tenez absolument à chercher une responsable, c'est Agathe qui le serait, pour n'avoir pas habitué son fils à lui obéir.

Le ton d'Élisabeth se nuançait d'impatience, de sécheresse. M. de Rüden en parut violemment irrité.

– Vas-tu l'accuser, maintenant, cette malheureuse enfant ?

– Je désire simplement que les responsabilités ne soient pas déplacées. Agathe, malgré le refus que je lui opposais d'abord, a insisté pour faire ce tour d'étang, elle n'a pas su ensuite empêcher son fils de commettre une imprudence. Voilà toute la vérité. Il est donc inutile de chercher autre chose, vous pourrez le dire à Mme de Rüden.

Un peu de sang monta au visage de M. de Rüden. Il se leva, en disant avec une sorte de balbutiement qui dénotait son agitation :

– Tu parles bien haut. On sait pourtant que tu détestes ma femme, que tu haïssais Agathe...

– Penseriez-vous donc que je l'ai tuée ?

Élisabeth jetait ces mots dans un cri d'indignation auquel fit écho une exclamation d'Adélaïde.

Les paupières battirent sur les yeux qui semblaient ne pouvoir soutenir le regard d'Élisabeth.

– Je ne dis pas cela... je cherche à connaître les circonstances... Il y a des choses troublantes là-dedans...

– Quelles choses troublantes ?... Mais parlez donc, mon père ? dit presque violemment Élisabeth.

– Eh bien, ton... tes sentiments pour Willibad...

Élisabeth se leva si brusquement que la chaise tomba derrière elle. Son visage s'empourprait. Elle dit avec la même violence :

– Ah ! c'est cela que vous pensez ? Vous accusez votre fille d'être une lâche meurtrière ? Vraiment, mon père, vous êtes tombé bien bas !

– Ma petite fille... ma petite Élisabeth, vous allez vous faire mal ! dit la voix effrayée d'Adélaïde.

– Oui, Élisabeth, c'en est assez !

Horace intervenait, d'un ton de ferme autorité. Quittant son siège, il posait sa main sur l'épaule frissonnante de la jeune fille.

– ... Retirez-vous dans votre chambre, calmez-vous, chère cousine. Vous aurez toujours près de vous des amis pour vous défendre contre d'aussi odieuses calomnies !

Se levant à son tour, M. de Rüden dit avec colère :

– Que savez-vous de tout cela ? Élisabeth a toujours été un être intraitable, systématiquement hostile à sa belle-mère...

– Et vous, mon oncle, vous obéissez en ce moment à des suggestions que je ne veux pas qualifier. Mais laissons pour l'instant cette pénible discussion. Élisabeth n'en peut plus. Emmenez-la, mademoiselle Adélaïde, et faites-la reposer. Elle n'est pas en état de sortir.

De fait, Élisabeth semblait prête à défaillir. Elle prit le bras d'Adélaïde et entra dans sa chambre.

– Bien, bien... mais il faudra que l'on voie clair dans cette affaire, grommela M. de Rüden.

Tournant les talons, il quitta la pièce, le dos un peu courbé, « l'air d'un malfaiteur qui vient de tenter un mauvais coup », songea Horace.

Le jeune homme alluma une cigarette et s'accouda à la fenêtre en méditant, jusqu'au moment où Adélaïde reparut.

– Comment va-t-elle ? demanda-t-il.

– Je lui ai donné un calmant, pauvre petite, et j'espère qu'elle sera mieux tout à l'heure. Mais c'est abominable, Mr Meldwin !

– Abominable, en effet... de la part d'un père surtout. Quelle affreuse intrigue a donc pu combiner cette Mme de Rüden ?

– Hélas ! je la crois capable de bien des choses mauvaises !

Horace se pencha pour secouer la cendre de sa cigarette. Il semblait songeur. Au bout d'un instant, il demanda :

– Croyez-vous qu'il y ait quelque chose de vrai dans ce que prétend mon oncle au sujet d'une inclination d'Élisabeth pour son cousin Willibad ?

Adélaïde hocha la tête.

– Je n'en sais rien. Pour ma part, je ne m'en suis pas aperçue. Ils avaient d'excellents rapports d'amitié, depuis le retour d'Élisabeth, alors qu'autrefois il existait entre eux une sorte d'hostilité provoquée par les sournoises calomnies de Mme de Rüden à l'égard de sa belle-fille...

– Oui, des calomnies, toujours. Détruire une réputation par tous les moyens. Ce doit être encore aujourd'hui son but... Je vais aller voir dès maintenant le comte Rüden-Gortz, mademoiselle. Il faut que nous parlions ensemble de cela.

Muni des indications d'Adélaïde sur la route à suivre, Horace quitta la tour. Il avait laissé sa voiture dans la cour, en attendant que fussent partis les hôtes demeurés aujourd'hui encore au château pour assister à la cérémonie funèbre. En cinq minutes, sans jeter un regard sur le paysage environnant, tant il était absorbé dans ses pensées, il fut à Aigueblanche.

Comme la servante l'introduisait dans le vestibule une fraîche apparition se montra au seuil d'une porte : Catherine, vêtue de deuil, les yeux éclairés de jeune gaieté.

– Ah ! c'est Mr Horace Meldwin !

– Et vous, sans doute, mademoiselle Catherine de Groussel ? Élisabeth m'a montré votre photographie.

– Et elle a fait de même pour vous. Mais elle ne vous a pas accompagné ? J'espérais la voir aujourd'hui.

– Elle ne s'est pas sentie encore assez bien... Aurai-je le plaisir de voir le comte Rüden-Gortz, mademoiselle ?

– Willibad est à une de ses fermes pour examiner un bœuf malade. J'espère qu'il ne tardera pas trop. Sinon, je vous conduirai près de lui, car il serait certainement contrarié de ne pas vous voir. Venez par ici, ma mère et mon frère Abel sont là.

Dans le salon un peu fané, mais toujours orné de fleurs par Catherine, Horace parut aussitôt se trouver à l'aise, comme en un cadre familier. Il entendit un vif éloge d'Élisabeth, auquel il s'associa chaleureusement. Son regard s'attardait avec sympathie sur le fin visage d'Abel, spiritualisé par une profonde vie intérieure, et sur celui de Catherine, si vivant, d'une si naturelle fraîcheur.

Au bout d'une demi-heure, Willibad ne paraissant pas, la jeune fille emmena leur hôte vers la ferme, en disant qu'il verrait ainsi une partie de leur domaine. Ils partirent tous deux, le mince Anglais à la chevelure d'un blond nuancé de roux et la brune Catherine, qui, dès ce premier moment, paraissaient fort bien s'entendre.

À mi-route, ils rencontrèrent Willibad qui revenait. Après de cordiales poignées de main, ils reprirent tous trois la route du château. Désireux chacun de son côté d'avoir un entretien seul à seul, Willibad et Horace souhaitaient que Catherine les laissât un moment. Comme ils arrivaient dans la cour d'Aigueblanche, Willibad dit à sa sœur :

– Va nous préparer le goûter, ma petite Catherine. Nous allons fumer une cigarette dans le jardin.

– À tout à l'heure donc, messieurs, dit-elle en esquissant par plaisanterie une révérence.

Le comte et son hôte, passant sous la voûte, gagnèrent le parterre situé devant l'autre façade. Ils avaient allumé une cigarette, mais elle demeurait entre leurs doigts et s'éteignit bientôt, comme le remarqua Abel de la fenêtre du salon. Ils causèrent un long moment et quand tous deux rentrèrent, leur physionomie soucieuse, un pli au front de Willibad et une lueur inaccoutumée dans son regard ne purent passer inaperçus pour Abel et Catherine, qui songèrent : « Qu'y a-t-il donc encore ? »

III

– Nous ne parlerons pas aujourd'hui de ces choses qui vous tourmentent, Élisabeth, avait déclaré Horace à son retour.

Et il avait essayé de distraire l'esprit de sa cousine, il lui avait dit combien lui plaisaient Aigueblanche et ses habitants.

– Abel est un être charmant, sa sœur est la plus aimable jeune fille que je connaisse. Quant à Willibad, je le crois un homme de grande valeur et de cœur très sensible, sous des dehors assez froids.

Il vit s'éclairer le regard fatigué d'Élisabeth.

– Oui, c'est une âme capable de souffrir beaucoup. Il a une très haute conception du devoir et l'on peut se fier à lui sans réserve.

Horace songea : « Elle doit l'aimer. Je ne m'en étonne pas, car il paraît fait pour attirer une nature telle que la sienne. Quant à lui... »

Sans réticences, Willibad avait reconnu tout à l'heure devant Horace qu'il aimait Élisabeth et, libre désormais, comptait lui demander bientôt de devenir sa femme.

– Jamais je n'ai dit un mot qui puisse lui laisser soupçonner mes sentiments à son égard, avait-il ajouté. Quand je me suis rendu compte de cet amour, défendu alors, j'ai fait mon possible pour m'écarter d'elle, autant que je le pouvais, sous divers prétextes. Mais Agathe a deviné, elle... C'est ainsi que M. de Rüden a été informé, de la façon la plus tendancieuse, naturellement, et la plus perfide.

Les deux jeunes gens étaient tombés d'accord pour reconnaître que la situation pourrait être dangereuse pour Élisabeth. Judith était, selon l'expression employée par Willibad, « diaboliquement astucieuse » et semblait avoir contre sa belle-fille une haine toute particulière. Il fallait donc suivre de près son action calomniatrice et saisir l'occasion pour la dénoncer à la justice. Par l'abbé Forgues,

Willibad pensait pouvoir connaître tout ce qui se dirait dans le pays à ce sujet.

Horace expliqua cela à sa cousine, le lendemain matin, pendant qu'ils faisaient tous deux une promenade dans le parc. Elle s'appuyait à son bras et il sentait sa main frémir tandis qu'elle murmurait :

– Qu'ai-je donc fait à cette femme pour qu'elle me déteste ainsi, depuis toujours ?

Ils arrivaient près de l'étang. Tout y était sombre, aujourd'hui, comme le ciel lui-même.

Élisabeth étendit la main vers l'eau grise, lugubre.

– C'est ici que ma mère est morte.

Quand ils furent près de la berge, Horace considéra longuement les plantes aquatiques. Puis il fit observer :

– Je me demande comment ma tante a pu avoir l'idée de cueillir une de ces fleurs. Elles sont pour cela trop éloignées de la rive.

– Oui, n'est-ce pas ? Pauvre maman, quelle imprudence !

– Oui, une imprudence... dit pensivement Horace.

Élisabeth regardait maintenant l'endroit où le canot s'était arrêté, où avait péri le petit Thierry. Elle frissonna, au souvenir de ce tragique instant. Elle se revit assise en face d'Agathe, elle crut entendre son rire léger, sa voix musicale prononçant avec une grâce ingénue les perfides insinuations... Et sitôt après, cette mort...

– Ne pensez plus à cela, Élisabeth.

Horace posait la main sur son épaule.

– ... Venez. Ce lieu vous rappelle trop de choses pénibles. Il est d'ailleurs par lui-même fort mélancolique et l'attrait qu'il inspirait à ma pauvre tante ne devait pas agir d'une manière favorable sur son moral, déjà éprouvé par ses désillusions conjugales.

Comme ils s'engageaient dans l'allée du parc, ils virent venir à eux Willibad et Catherine. Le cœur serré d'Élisabeth se dilata. Willibad, en avançant, la regardait avec une joie contenue. Quand elle lui tendit la main, il y appuya ses lèvres, puis la conserva dans les siennes tandis qu'il s'informait de sa santé. Tous deux à cet instant, sans une parole, se firent l'aveu de leur amour.

Les quatre jeunes gens reprirent le chemin de la tour. Catherine donnait le bras à son amie. Derrière eux venaient Horace et Willibad. Quand ils passèrent devant le logis du jardinier, le vieil Anselme, qui fumait devant la porte, grommela une vague formule de salutation.

– Ça va, Anselme ? demanda Willibad.

– Doucement, monsieur le comte.

– Un vieil original, dit Willibad quand ils l'eurent dépassé. Bon serviteur, mais nature un peu sournoise.

Ils firent quelques pas en silence. Catherine parlait avec animation, sans doute pour distraire Élisabeth. Horace dit en baissant la voix :

– N'a-t-on jamais attribué la mort de ma tante Daphné à autre chose qu'à un accident ? N'a-t-on jamais eu l'idée qu'elle aurait pu se tuer volontairement ?

Willibad le regarda avec stupéfaction.

– Mais non ! Pourquoi ?... Supposeriez-vous ?...

– J'ai constaté, d'après la distance de la berge aux nénuphars, qu'elle aurait commis une grave imprudence, singulière chez une personne de son âge, si elle avait essayé de cueillir une de ces fleurs. Élisabeth avait fait la même remarque, mais sans y attacher d'importance.

– Oui, vous avez raison, dit Willibad après un court instant de réflexion. Mais cette jeune femme était profondément croyante et il me semblerait difficile d'admettre ce suicide.

– On peut l'admettre s'il s'agit d'une crise mentale provoquée par le chagrin de voir son mari se détacher d'elle. Il paraît, en outre, qu'elle avait l'habitude de venir rêver auprès de cet étang au clair de lune, et cela a pu déterminer dans son cerveau, peut-être prédisposé, un état morbide.

– Peut-être, en effet. Mais je n'ai jamais entendu dire que personne ait fait une supposition de ce genre.

Comme les jeunes gens atteignaient la tour, ils rencontrèrent Florestine qui venait de téléphoner pour demander le médecin. La crise pulmonaire, toujours latente chez sa maîtresse depuis quelque temps, semblait s'aggraver.

– ... Puis elle a paru très frappée, l'autre jour, quand je lui ai appris l'accident de l'étang. Depuis ce moment, elle est encore plus sombre qu'à l'ordinaire et elle ne semble plus réagir contre la maladie, ainsi qu'elle le faisait auparavant.

– Dites-lui, Florestine, que je suis toujours à sa disposition si elle désire me voir.

– Je le lui redirai, mademoiselle. Elle s'est informée, hier, de la santé de Mademoiselle et elle a dit : « Au moins, elle n'a pas payé pour les autres, celle-là. »

– Pourquoi « payé pour les autres » ? demanda Willibad.

– Je l'ignore, monsieur le comte.

– Cette pauvre demoiselle est sans doute un peu bizarre, d'après ce que vous m'avez dit, et la maladie ne doit pas rendre ses idées plus normales, suggéra Catherine tandis qu'elle montait l'escalier suivie de son amie.

– C'est possible. Mais je voudrais bien qu'elle me permette d'aller la voir, si elle devient plus malade. Florestine est parfaite, entièrement dévouée, et, du point de vue spirituel, elle aura plus d'action que moi sur cette âme aigrie, égarée dans son orgueil. Toutefois, il serait pénible qu'aucun membre de sa famille ne fût admis près d'elle.

*

D'un commun accord, Horace et Willibad avaient décidé de se rendre le lendemain matin chez l'abbé Forgues. Ils trouvèrent celui-ci tout ému, car sa mère venait de lui rapporter le bruit qui courait dans le village : Élisabeth était soupçonnée d'avoir provoqué le fatal mouvement de la barque pour épouser le comte Rüden-Gortz qu'elle aimait et qui l'aimait.

– Les gens du pays ont beaucoup de sympathie pour Élisabeth, et je doute qu'ils croient cette calomnie, ajouta le prêtre. Mais il en serait peut-être autrement si... le motif prétendu de ce soi-disant crime n'était pas une invention.

Il regardait Willibad, dont la physionomie portait la trace des angoisses éprouvées depuis quelques jours.

– Il n'y a là rien que d'exact, en effet. J'ai l'intention, après les délais convenables, de demander à Élisabeth si elle veut devenir ma femme.

L'abbé hocha la tête.

– Alors, je ne sais...

– Nous la poursuivrons en diffamation, cette Judith ! s'écria violemment Willibad.

– Il faudrait d'abord prouver d'où viennent ces bruits tendancieux. Or, nous pouvons supposer Mme de Rüden assez habile pour que toutes précautions soient prises afin qu'on ne remonte pas jusqu'à elle.

– Et n'aurait-elle pas, en outre, l'infernale idée de faire agir son mari contre Élisabeth ? ajouta Horace. Un père qui diffame sa fille, cela semblera tellement monstrueux qu'on croira difficilement à une telle imposture. Je parle naturellement de ceux qui ne connaissent pas bien ma cousine.

– Vous pensez que M. de Rüden pourrait ?... dit le prêtre, visiblement suffoqué à cette idée.

– Si vous aviez assisté à la scène qu'il a faite devant moi, hier, à ma pauvre cousine, vous n'en douteriez guère, monsieur le curé. J'ai compris là que cet homme est complètement sous le joug moral de sa femme et qu'il est devenu presque inconscient de son ignominie. Élisabeth en a été douloureusement frappée, car elle m'a dit plus tard : « Vous êtes heureux, Horace, de pouvoir estimer votre père. Moi, il faut que je lutte contre le mépris... »

Willibad serrait les poings. Il dit entre ses dents :

– Il faudra bien pourtant qu'on la muselle, cette misérable ! Croyez-vous que je la laisserai salir ainsi la réputation d'Élisabeth ? Ne pourrait-on fouiller dans son passé ? Peut-être découvrirait-on quelque chose dont il serait possible de nous servir contre elle.

Horace déclara qu'il allait se mettre en rapport avec un ami de son père très à même, par ses relations, de leur être utile en cette occurrence. Puis les jeunes gens prirent congé du prêtre et descendirent le chemin qui menait de l'église au village. Comme ils passaient devant la maison d'Émilie, l'ancienne femme de chambre, celle-ci vint à eux, la mine agitée.

– Monsieur Willibad, qu'est-ce qu'on raconte sur notre petite demoiselle ? C'est affreux !

– Affreux, oui, Émilie ! C'est son odieuse belle-mère qui mène la manœuvre, en dessous. Démentez, Émilie, démentez de tout votre cœur !

Quatrième partie

– Oh ! Monsieur n'a pas besoin de me le dire ! du reste, personne n'y croit. Elle, tuer quelqu'un volontairement !... Bien sûr que c'est un malheur de voir une jeune femme comme Mme la comtesse et un beau petit garçon comme M. Thierry périr ainsi, mais ce n'est tout de même pas une raison pour accuser une innocente !... Ah ! tenez, voilà Blanche qui monte au cimetière !

La femme de chambre, vêtue de deuil, avançait d'un pas pesant. En passant devant la maison d'Émilie, elle tourna un peu la tête vers ceux qui étaient là, et ils virent des yeux qui semblaient morts dans une face ravagée.

– Eh bien ! ce qu'elle est touchée ! murmura Émilie, visiblement impressionnée. Elle avait une adoration pour Mme la comtesse Agathe. Je la plains tout de même, quoique sa figure ne m'ait jamais plu. À ma chère défunte maîtresse non plus, d'ailleurs. Elle avait bien hésité à accepter qu'elle me remplace, quand j'ai été malade. Ah ! que j'ai regretté ensuite de n'avoir pu passer près d'elle les derniers jours de sa vie !

– Cette femme a été au service de ma tante ? demanda Horace.

– Oui, monsieur, pendant une quinzaine de jours. Mme de Combrond avait beaucoup insisté pour la lui céder, en disant qu'elle n'en avait pas besoin à Branchaux où la femme de chambre de sa cousine pouvait la servir. Sans M. le comte, Madame aurait quand même refusé, je crois.

Willibad suivait des yeux la forme sombre qui s'en allait, un peu courbée, elle, si droite auparavant. Cette Blanche était la confidente de Judith et d'Agathe, leur âme damnée. Agathe elle-même avait dit un jour à son mari : « Blanche ne reculerait devant rien pour nous. » Cette idolâtrie existait également à l'égard de Thierry. La mort de l'une et de l'autre devait avoir frappé cette femme au plus sensible de son être.

IV

Élisabeth et Horace déjeunèrent le lendemain à Aigueblanche et y passèrent l'après-midi. Tacitement, les sujets douloureux auxquels tous pensaient furent bannis de la conversation. Sur la demande du jeune Anglais qui s'occupait d'élevage à Morton-Court, Willibad lui fit visiter le domaine auquel il avait apporté nombre d'améliorations. Les jeunes filles les accompagnaient. Toutes deux s'intéressaient à ces questions, aimaient la campagne et ses occupations. À celles-ci Élisabeth n'était que peu initiée encore, mais elle se sentait l'âme d'une fermière, déclarait-elle avec un fugitif sourire qui amena un peu de détente sur la physionomie soucieuse de Willibad.

Horace et elle regagnèrent Montparoux vers la fin de l'après-midi. Tandis que le jeune homme rentrait sa voiture dans le garage, où la place ne manquait plus maintenant, Élisabeth le précéda vers la tour. Adélaïde l'accueillait par ces mots :

– Il paraît que le médecin ne donne pas d'espoir pour votre tante, mon enfant. Florestine demande si vous pourriez aller chercher demain matin des ballons d'oxygène, à Lons-le-Saunier, car on en aura certainement besoin pour la soulager.

– Mais oui ! Je partirai dès sept heures. Pauvre tante !

Dans sa chambre, Élisabeth alla s'accouder à la fenêtre. Les sapinières étaient perdues dans la grisaille de cette fin d'après-midi morose. Le cœur d'Élisabeth, un instant calmé dans l'atmosphère d'Aigueblanche, sous le regard gravement passionné de Willibad, redevenait lourd, anxieux. Elle pensait à celle qui se mourait là-haut, solitaire, farouche, comme elle l'était depuis tant d'années. Jamais plus elle n'entendrait la plainte déchirante du violon de Calixte, ces rêveries ardentes, ces gémissements où l'âme claustrée dans son orgueilleuse retraite exhalait un peu de son amère souffrance. Jamais plus. Calixte de Rüden allait mourir. Paraîtrait-elle ainsi devant son Juge, devant Celui qu'elle ne connaissait plus depuis tant d'années ?

Une porte s'ouvrit derrière Élisabeth.

– Florestine voudrait vous parler, dit Adélaïde.

Élisabeth entra dans la salle à manger. Florestine lui tendit un rouleau de papier.

– Mademoiselle envoie cela à Mlle Élisabeth pour qu'elle le lise tout de suite.

– Ah ! bien, Florestine. J'irai chercher l'oxygène demain matin, de bonne heure. Ma tante est-elle vraiment très mal ?

– Tout à fait mal. Elle vient en outre de se fatiguer pour écrire ces pages. Je la soutenais comme je pouvais, mais elle a eu beaucoup de peine pour arriver à la fin.

La voix de Florestine se brisait. Sur sa physionomie altérée on discernait à la fois la fatigue et le chagrin.

– A-t-elle conscience de son état ?

– Oh ! très bien, mademoiselle. Elle sait qu'elle est perdue.

– Et elle ne veut pas voir le prêtre ?

Les yeux las de Florestine parurent s'éclairer tout à coup.

– Il faut attendre l'heure de Dieu. Nous ne comprenons pas, nous, mais Lui sait le moment où l'âme s'ouvre pour Le recevoir.

– Si ma tante voulait, je pourrais vous soulager un peu, Florestine... en veillant cette nuit, par exemple ?

– Mademoiselle m'a chargée de dire à Mlle Élisabeth qu'elle la recevrait ce soir, si elle veut venir après avoir lu ce qu'elle lui envoie.

Sur ces mots, Florestine se retira. Élisabeth, assez intriguée, rentra dans sa chambre et déroula les deux feuillets couverts d'une écriture heurtée, un peu en zigzags, mais où l'on retrouvait partout les traits caractéristiques d'une nature volontaire à l'excès.

« Puisque je vais mourir, il faut que je décharge ma conscience, Élisabeth. Moi seule sais comment ta mère est morte. J'étais dans le pavillon le soir où elle fut poussée dans l'étang par une femme inconnue.

« Pourquoi je n'ai rien dit ? Je haïssais ma belle-sœur, belle, heureuse, aimée. Elle me traitait en outre avec une pitié affectueuse qui blessait mon orgueil. Oui, c'était de la haine qui s'insinuait en mon cœur comme un poison, et quand je la vis tomber, se débattre un instant, puis disparaître, je ne bougeai pas, j'éprouvai une horrible joie.

« Une abominable joie que j'ai payée ensuite par le plus affreux remords. Mais je m'enlisais dans ce criminel silence. Et, Daphné morte, je la détestais encore.

« Je te fais horreur, Élisabeth ? Florestine dirait que Satan me possédait. Peut-être n'aurait-elle pas tort. Je pense qu'en tout cas ce que j'éprouvais devait se rapprocher des tourments des damnés.

« Mais au point où je suis, je veux décharger mon âme. Il faut aussi que tu saches ceci : on a tué ta mère. Qui ? Je n'ai pu reconnaître cette femme. Elle était grande, vêtue de noir. Était-ce Judith ? Je ne la connais pas, je ne l'ai jamais vue, puisque je m'étais déjà enfermée ici lorsqu'elle a commencé de fréquenter Montparoux. Mais qui donc aurait eu intérêt à supprimer la femme de Rodolphe, sinon celle qui s'est fait épouser ensuite si vite par lui ?

« Je t'ai déjà prémunie contre elle. Je savais par Florestine qu'elle a toujours cherché à te nuire. Si elle a tué ta mère, elle est capable de tout contre toi. Prends garde !

« Au cas où tu trouverais quelque intérêt à ce que soient connus les faits tels qu'ils se sont passés, use de cet aveu que je te fais. On me considérera avec raison comme une complice de ce crime, puisque je ne l'ai pas dénoncé. Tu me détesteras, Élisabeth, et tu n'auras pas tort. Mais peut-être songeras-tu un peu aux tortures morales qui m'ont ravagée depuis des années.

« Calixte de Rüden. »

Quand Adélaïde surprise de ne pas voir Élisabeth à l'heure du dîner, entra dans sa chambre, elle la trouva affaissée dans un fauteuil, toute frissonnante, ses doigts froissant la lettre de Calixte. L'horreur étreignait son âme et elle ne savait en ce moment laquelle lui paraissait plus odieuse, de Calixte, haineuse jusqu'à se réjouir de cette mort, ou de la femme mystérieuse qui était peut-être Judith.

Lorsque, plus tard, entre Adélaïde et Horace, elle se fut un peu remise de ce coup imprévu, elle jugea nécessaire de leur communiquer la confession de sa tante, qui pourrait peut-être aiguiller sur une voie intéressante sa défense contre Judith. Ainsi en jugea aussitôt Horace, d'ailleurs. Il décida que dès le lendemain, à la première heure, il irait en faire part à Willibad.

– Mais si le crime paraît certain après cet aveu, il faudrait prouver l'identité de la meurtrière, ajouta-t-il. Or, en pleine nuit, elle a dû passer inaperçue... À moins que... Vous m'avez dit, Élisabeth, que votre vieux jardinier avait coutume de travailler quelquefois à son jardin, par les nuits claires d'été ?

– En effet.

– Il faudra que j'aille l'interroger. Peut-être a-t-il vu passer cette femme dont parle votre tante, et pourra-t-il nous donner une indication susceptible de l'identifier.

– Oui, peut-être, dit Élisabeth d'un air las.

Elle demeura très absorbée, pendant le dîner, auquel personne ne toucha guère. En se levant de table, elle fit un pas vers sa chambre, puis, se détournant, elle dit à Adélaïde :

– Je monte chez ma tante.

Sa voix avait un léger tremblement. Adélaïde la suivit d'un regard anxieux, que les larmes mouillaient.

– Ma pauvre petite ! murmura-t-elle. Quelles épreuves et quelles révélations en ces quelques jours !

– Elle gagne son bonheur, dit pensivement Horace.

Dans la chambre de Calixte, la fenêtre était ouverte sur la nuit lourde, sans étoiles, que de lointains éclairs traversaient parfois. Une petite lampe posée sur une table, loin du lit, laissait celui-ci dans l'ombre. Le souffle haletant guida Élisabeth vers ce lit où Calixte terminait sa vie douloureuse. Son cœur battait à coups précipités. Elle dit à mi-voix :

– Me voici, ma tante.

– Élisabeth ?... Tu viens... quand même ?

Les mots sortaient avec peine de la gorge oppressée.

– Oui. Je n'ai pas le droit de vous juger. Vous avez beaucoup souffert ; c'est la seule chose dont je veuille me souvenir.

– Souffert... affreusement.

Des doigts brûlants se posèrent sur la main d'Élisabeth, dont ils sentirent probablement le subit raidissement, car Mlle de Rüden eut une sorte de rauque sanglot.

– C'est dur, d'être là près de moi ?... près de moi qui ai laissé tuer ta mère sous mes yeux. Va-t'en... oui, cela vaut mieux. Je suis une maudite...

Élisabeth se laissa glisser à genoux et saisit cette main fiévreuse qui se retirait.

– Non, je resterai près de vous, ma tante. Je suis venue de mon plein gré, sachant que nous devons pardonner comme Dieu nous pardonne. Ne parlons plus de ce passé. Ma pauvre mère souffrait beaucoup moralement, et le caractère de mon père, l'influence redoutable de cette Judith lui réservaient de pires épreuves. Elle a trouvé le repos dans la joie éternelle et elle vous a pardonné, pauvre tante, qui n'avez pas su chercher dans l'infinie charité la consolation de votre disgrâce.

La voix d'Élisabeth tremblait d'émotion. Dans la pénombre, son regard distinguait mal la figure de la mourante. Pendant un long moment, elle n'entendit plus que la respiration sifflante. Puis Calixte murmura :

– Tâche de savoir qui a commis le crime. Ce n'est pas facile après tant d'années... Tu as bien souffert par cette femme, autrefois, n'est-ce pas ? Florestine était un peu au courant, par ton institutrice, par Damien...

– Oui, elle me hait. Mais je me défendrai contre elle... Maintenant, ne parlez plus, ma tante.

– Si je dois te dire encore... je te lègue ma fortune. Florestine ne veut rien. Elle entrera chez les trappistines après ma mort. C'est, je pense, pour gagner le salut de mon âme. Aussi ne veux-je pas la décevoir. L'abbé Forgues va venir tout à l'heure.

Puis elle se tut. Élisabeth, toujours à genoux, priait et songeait. Elle songeait à la triste existence de cette femme, qui n'avait pas trouvé d'affection chez sa mère, et probablement si peu chez son frère. Peut-être aussi, comme le supposait M. de Rüden, avait-elle connu l'amour, et celui-ci, dédaigné, devait ravager un cœur entier, passionné, tel qu'était sans doute le sien. Et plus tard le remords, qui avait fini de dévaster cette âme.

La pitié, maintenant, dominait tout autre sentiment chez Élisabeth. Elle n'avait plus qu'un désir : l'apaisement de l'âme tourmentée qui allait quitter ce monde où elle n'avait su vivre que dans un desséchant repli sur sa souffrance.

– Élisabeth !

– Ma tante ?

– Quand je serai morte, tu prendras un petit coffret d'ébène qui se trouve dans mon secrétaire et tu brûleras ce qui s'y trouve.

– Je le ferai, ma tante.

– Des souvenirs... des folies... Est-ce qu'on pouvait m'aimer ?

Sa respiration siffla plus fort. Des mots passèrent entre ses lèvres. Élisabeth en saisit quelques-uns :

– La lettre à Rodolphe... je l'ai trouvée... j'ai lu... Folle, de penser

qu'il m'aimait... Hubert... C'était fini...
Puis elle se mit à divaguer.

V

Un peu avant huit heures, le lendemain, Horace quitta la tour et s'en alla vers le parc. Il était trop préoccupé pour jouir de cette lumineuse matinée survenant heureusement après la sombre, l'orageuse journée de la veille. Quand il fut devant le logis d'Anselme, il vit la porte ouverte et le vieillard occupé à balayer l'intérieur.

– J'ai un renseignement à vous demander, père Anselme, dit-il.

– À votre service, marmotta le jardinier.

Laissant là son balai, il offrit une chaise au visiteur, dans la petite pièce qui lui servait de cuisine, et de salle à manger. Puis il resta debout, les mains appuyées au dossier d'une autre.

– Vous savez qui je suis, Anselme ?

– Le cousin de Mlle Élisabeth, m'a appris Damien.

– Elle m'a dit que vous aviez l'habitude de travailler parfois à votre jardin la nuit, quand la lune éclairait.

– Oui, l'été, ça me plaisait.

– Si vous l'avez fait, le soir où mourut la première femme de M. de Rüden, vous souvenez-vous d'avoir vu passer quelqu'un dans cette clairière ?

Les paupières plissées battirent sur les yeux troublés par l'âge.

– J'ai vu passer Mlle Calixte, puis, plus tard, Mme la comtesse.

– Et puis ?

Anselme glissa un coup d'œil méfiant vers son interlocuteur.

– Elles avaient l'habitude de venir se promener le soir, quand il y avait de la lune.

– Vous ne répondez pas à ma question. Je sais qu'il est passé une autre personne. L'avez-vous reconnue ?

Le vieux parut perplexe. De son index desséché, il se gratta l'oreille. Enfin il grommela :

– Bien sûr ! J'étais point aveugle. À ce moment-là, je fumais ma pipe derrière la charmille. J'ai bien vu cette grande bringue de

Blanche...

– Blanche, la femme de chambre ?

– Oui, la Blanche qui remplaçait Émilie à ce moment-là. Elle est passée un peu après Mme la comtesse, puis cinq minutes plus tard, elle est revenue. Elle courait presque alors. J'ai trouvé ça drôle.

– C'est vous qui avez découvert Mme de Rüden ?

– Oui. Au matin, en passant par-là, je l'ai vue qui flottait près des nénuphars, ça n'est pas bien profond, près de la berge. Elle aurait pu se sauver, à mon avis, si c'était pas qu'on l'a poussée et empêchée de s'échapper.

– Pourquoi n'avez-vous pas fait remarquer tout cela, alors ?

– On me l'a point demandé.

Horace dut se retenir pour ne pas lancer quelque apostrophe bien sentie à cette face butée.

– Bien. Mais maintenant que je vous l'ai demandé, que vous me l'avez dit, vous êtes prêt à le répéter devant des témoins, s'il le faut ?

– Je dirai la vérité, bien sûr. C'est point par malice que j'ai point parlé, mais j'aime guère à me mêler des affaires des autres.

Horace s'en alla satisfait. Il était complètement fixé, maintenant sur l'identité de la meurtrière. Sans attendre le retour d'Élisabeth, partie pour Lons-le-Saunier, il se rendit à Aigueblanche.

Un quart d'heure plus tard, il revenait à Montparoux en compagnie de Willibad. Celui-ci avait dit : « À cette heure, Mme de Rüden n'est pas encore levée. Nous demanderons Blanche et tâcherons de lui faire avouer, en prenant Damien comme témoin. Évidemment, nous ne pouvons pas intenter une action en justice, puisqu'il y a maintenant prescription ; mais il faut que la vérité soit connue sur cette abominable chose.

Ce fut dans la bibliothèque, déserte à cette heure, que le comte Rüden-Gortz fit convoquer la femme de chambre. Elle entra, un peu courbée, comme les jeunes gens l'avaient vue la veille, la face ravagée, les yeux gonflés. À peine eut-elle un tressaillement quand Willibad demanda d'un ton dur :

– Pourquoi avez-vous tué la première femme de M. de Rüden ?

Il s'attendait à une violente dénégation. Au lieu de cela, il entendit une voix sourde qui répondait :

Quatrième partie

– Pour que Madame puisse épouser M. le comte, qu'elle aimait.
– C'est elle qui vous y a incitée ?
Cette fois, aucune réponse ne vint. Blanche mordait ses lèvres minces et détournait les yeux.
– Vous ne voulez pas l'accuser ? Pourtant, quel motif vous aurait poussée à l'assassinat, en dehors de l'intérêt qu'il présentait pour Mme de Combrond ? Vous étiez dévouée corps et âme à celle-ci, elle savait qu'elle pouvait tout vous demander.
Blanche se tordit les mains. Son visage était convulsé par la souffrance morale. Elle dit avec véhémence :
– Oui, j'aurais tout fait pour elle ! Je me suis damnée... Mais j'ai déjà reçu ma punition.
Agathe, ma petite Agathe, et son fils, noyés au même endroit... Ma petite Agathe... C'est moi qui l'ai tuée, en tuant l'autre !
Sur ce cri de désespoir, Blanche s'abattit dans un fauteuil, saisie par une crise de nerfs.
Damien se précipita au-dehors pour aller chercher Aglaé, afin de la soigner. À peine la porte était-elle refermée sur lui qu'elle se rouvrit, et M. de Rüden parut sur le seuil.
– Qu'est-ce que ces cris ?
Il s'interrompit en voyant la femme effondrée, gesticulant, et les deux jeunes gens debout devant elle.
– Que signifie ?
Horace étendit la main vers Blanche.
– Cette femme vient d'avouer son crime. C'est elle qui a jeté ma tante dans l'étang, sous l'instigation de Mme de Combrond qui voulait devenir comtesse de Rüden.
– Vous dites ?...
M. de Rüden attachait sur son neveu des yeux dilatés.
– Nous avons la déclaration écrite de Mlle de Rüden, votre sœur, qui se trouvait dans le pavillon au moment du crime, vit celui-ci... et garda le silence, car elle haïssait, jalousait ma tante Daphné. Nous avons l'attestation d'Anselme, qui vit passer cette Blanche. Tout cela, nous ne le garderons pas pour nous, mon oncle. Puisque votre femme a osé accuser Élisabeth, nous ferons connaître qui est, des deux, la criminelle.

137

– Mensonge, abominable mensonge ! bégaya M. de Rüden.

Le sang montait à son visage, qui devenait presque violacé.

Les cris de Blanche diminuaient. Ses yeux hagards dévisageaient M. de Rüden. Elle murmura :

– J'ai tué... C'est moi qui l'ai tuée. Toute blonde, avec ses yeux tristes... Ma petite Agathe aussi était blonde... Morte, morte !

Ce dernier mot fut un cri strident. Elle se leva, fit quelques pas, les yeux révulsés, et tomba tout d'une pièce sur le tapis.

Damien et Aglaé, qui entraient, se précipitèrent vers elle et l'emportèrent à sa chambre. M. de Rüden, dont les jambes flageolaient, quitta la pièce sans regarder les deux jeunes gens.

Horace et Willibad s'en allèrent à leur tour, silencieux, car cette scène les avait péniblement impressionnés. Comme le dit un peu plus tard Willibad à Élisabeth en la lui racontant, Blanche devait être obsédée depuis la mort d'Agathe par le souvenir de son crime et la persuasion que cette mort, au lieu même où avait péri Daphné, en était le châtiment.

Élisabeth, le visage entre ses mains, frissonnait en répétant :

– Ma mère !... Elle a tué ma mère, cette Judith ! Car Blanche n'était qu'un instrument.

– C'est indiscutable. Peut-être, avec son habileté coutumière, a-t-elle seulement suggéré le crime à cette femme, mais elle en est l'instigatrice.

– Je comprends pourquoi elle me détestait, cherchait sournoisement à me nuire, de toute façon. J'étais la fille de celle qu'elle avait fait disparaître pour prendre sa place, et elle sentait en outre chez moi une méfiance instinctive, une hostilité à quoi se heurtaient sa fausseté, sa sourde malveillance. Oui, j'ai toujours eu l'impression qu'elle était pour moi la pire ennemie.

Avec un sanglot contenu, Élisabeth ajouta :

– Et elle a fait aussi de mon père un ennemi pour moi.

*

Deux jours plus tard eurent lieu les obsèques de Calixte de Rüden, dans la chapelle de Montparoux. Comme assistants du dehors, il n'y avait que Mme de Groussel, sa fille et Willibad. M. de Rüden était là, blême, les traits tirés, singulièrement vieilli. Judith ne parut pas. Le lendemain, on devait conduire au cimetière Blanche, morte d'un transport au cerveau. Damien avait appris qu'on préparait les bagages pour que le comte et sa femme quittassent Montparoux aussitôt après cette cérémonie funèbre.

Dès que le cercueil de sa sœur eut été descendu dans la crypte, M. de Rüden s'éloigna, sans avoir adressé la parole à personne. Élisabeth s'attarda un instant dans la salle funéraire, priant pour sa mère, pour son aïeule. Elle revivait toutes les impressions ressenties lors des obsèques de cette dernière, l'affreuse amertume dont avait été saturée sa jeune âme, sa fuite loin de Judith, loin de son père, pâle et crispé, qui pensait peut-être à ce moment-là au sourire de la vieille comtesse, enfermé avec elle dans la tombe.

Une main prit celle d'Élisabeth, une voix grave, ardente, dit à son oreille :

– Éloignez toutes ces douloureuses pensées, mon amie. Venez, il faut maintenant aller vers la vie.

Elle regarda Willibad et il revit dans ses yeux cette fraîcheur d'aurore, cette lumière très pure d'un cœur jeune, sans ombre, où brûlait discrètement l'amour.

Convoquée pour le surlendemain chez le notaire de Mlle de Rüden, Élisabeth s'y rendit et prit connaissance du testament de sa tante. Elle était seule légataire, ainsi que le lui avait dit Calixte. La fortune se montait à deux millions, lesquels recevraient une forte amputation du fait des droits à payer. Élisabeth apprit en outre que son père venait de mettre en vente Montparoux.

Très agitée par cette nouvelle, la jeune fille, en revenant, gagna directement Aigueblanche pour en avertir Willibad. Elle le trouva dans le salon, causant avec Abel. Dès l'entrée, elle annonça :

– Mon père vend Montparoux, et je vais l'acheter avec l'héritage de ma tante !

Surpris au premier moment, Willibad, à la réflexion, fit observer :

– Quoique très désireux de voir ce domaine rester dans la famille, je me demande, ma chère Élisabeth, comment vous feriez face à son entretien ? Car le produit des fermes n'y suffirait pas.

Elle eut un sourire malicieux.

– Venez demain à Montparoux, je vous le dirai, mon ami.

Un bruit de pas, de voix, arriva à ce moment aux oreilles des trois jeunes gens. Par la porte-fenêtre ouverte sur le parterre apparurent Catherine et Horace, tous deux portant des engins de pêche.

– J'ai donné une leçon à Mlle Catherine, dit en riant le jeune Anglais, et je lui trouve beaucoup de dispositions.

– Elle est capable de devenir aussi fanatique que vous, mon cher, riposta Élisabeth.

Abel glissa un coup d'œil ému vers les nouveaux arrivants. Il ne lui échappait point – non plus qu'à d'autres, du reste – qu'une très spontanée, très vive sympathie rapprochait la rieuse Catherine et Horace Meldwin. Son regard amical enveloppa les deux couples heureux, s'attarda sur la physionomie détendue de Willibad. Il songea : « Je l'ai vu si malheureux ! Il ne disait rien, mais je savais... Il aimait Élisabeth et la fuyait. »

VI

Quand Élisabeth sortit de sa cachette le vieux sac de l'aïeule et fit glisser sur une table, devant Willibad, les joyaux de l'Hindoue, il demeura un moment médusé.

– Qu'est-ce que cela ? dit-il enfin.

Après qu'elle le lui eut expliqué, il prit entre ses doigts le fameux collier pour l'examiner de plus près.

– Il doit avoir une très grosse valeur. Vous n'aurez pas l'occasion de vous en servir, Élisabeth.

– Aussi n'en ai-je aucunement envie. Je vais renfermer de nouveau tout ce trésor où il était, mais vous voyez qu'à l'occasion nous aurons de quoi payer l'entretien de Montparoux... et même autre chose si c'est nécessaire.

Elle disait « nous » en le regardant avec une grave tendresse. Étendant le bras, il attira contre son épaule la tête aux brillantes boucles brunes.

– Oui, nous Élisabeth, nous deux. Dans la bonne comme dans la mauvaise fortune. Nous continuerons la lignée des Rüden dans ce Montparoux délivré de celle qui le déshonorait.

Une ombre couvrit le regard heureux d'Élisabeth.

– Mais mon père... mon père que le crime de cette femme n'a pu séparer d'elle ! Oh ! Willibad, j'aurais voulu l'en délivrer, lui aussi ! Hier, en rentrant d'Aigueblanche, nous avons croisé la voiture qui les emmenait tous deux. Elle a tourné vers moi son visage, au passage. Il était très pâle, et le regard qu'elle m'a jeté... Ah ! quelle haine !

Elle frissonna. Pendant un instant, Willibad s'assombrit. Pensait-il à la blonde Agathe aux yeux célestes, à l'enfant déjà formé par elle au mensonge ? Cette Agathe qui avait sournoisement essayé de l'asservir à ses volontés, comme l'avait fait sa mère pour Rodolphe de Rüden.

Un coup fut frappé à la porte. Florestine entra. Elle dit, avec une gravité nuancée d'émotion :

– Je viens prendre congé de Mademoiselle. Demain matin, je partirai.

Élisabeth lui tendit les deux mains.

– Priez pour moi, Florestine... priez pour nous deux.

Le regard si doux, si pur dans le maigre visage mat, alla d'Élisabeth à Willibad.

– Oui, mademoiselle, je ne vous oublierai pas. Ma pauvre demoiselle aurait été contente de ce mariage. Elle m'a dit, le lendemain de ce soir où elle vous avait vue au pavillon de l'étang : « Ma nièce Élisabeth doit être une vraie Rüden. » J'ai compris que vous lui aviez plu.

La femme de chambre se retira. Elle allait, joyeuse et calme, accomplir son œuvre d'expiatrice déjà commencée près de la femme fantasque, aigrie, malade d'esprit, qu'avait été Calixte. Une femme au cœur passionné dans un corps difforme. Douloureuse destinée, que n'avait pas consenti à spiritualiser Mlle de Rüden.

Ce matin, en ouvrant le petit coffret d'ébène pour remplir la volonté exprimée par sa tante, Élisabeth y avait trouvé des fleurs séchées, une photographie d'homme, – figure jeune et d'une mâle séduction – une lettre qu'elle avait brûlée sans y jeter les yeux. Mais elle devinait ce qu'elle contenait, se souvenant de ce que lui avait dit son père en lui parlant d'Hubert de Riancey. Calixte, sans doute, l'avait trouvée, puis lue.

« Quel dommage que son pauvre corps soit si terriblement

déformé ! Sans cela, mon cher, je demanderais aussitôt sa main à Mme de Rüden. »

Elle avait lu cela. Ainsi, pour toujours, avait été ravagée sa vie.

À l'heure où le soleil commençait de disparaître derrière les hauteurs boisées, Élisabeth et Willibad descendirent le sentier de la poterne. Ils se séparèrent sur la route, lui regagnant Aigueblanche, elle s'en allant vers le village. Elle voulait apprendre à l'abbé Forgues ses fiançailles, qui ne seraient officielles que plus tard, Willibad laissant passer quelques mois sur son veuvage.

Élisabeth trouva le prêtre dans son jardin, occupé à l'émondage d'arbustes trop exubérants. Il l'écouta en silence, puis eut un sourire qui adoucit un instant son visage austère.

– Très bien, ma fille. Je me doutais depuis quelque temps qu'il ne vous était pas indifférent, ce cher Willibad, si digne de vous.

– Depuis quelque temps seulement ?... Mais je l'ai toujours aimé, depuis que je le connais.

L'abbé Forgues eut un mouvement de surprise.

– Toujours aimé ?

– Oui, j'ai compris que si j'étais si follement irritée, autrefois, de le voir épouser Agathe, et de son dédain, de son hostilité contre moi, c'est que mon cœur était de la partie.

Elle parlait avec simplicité, avec une douce flamme dans le regard. Le prêtre la considérait pensivement. Ainsi, voilà donc l'énigme qu'elle renfermait en elle, sans le savoir, cette âme longtemps secrète et qui s'ouvrait aujourd'hui, joyeuse, dépouillée de mystère. Élisabeth, amoureuse ardente et grave, qui serait une épouse de la plus noble race morale. Et, plus heureuse que sa mère, elle trouverait en Willibad un cœur semblable au sien, une volonté affermie dans le devoir.

– J'ai été bien aveugle, mon enfant, dit-il.

Elle eut un petit tremblement des lèvres en répliquant :

– D'autres avaient deviné. La haine est peut-être plus clairvoyante que l'affection. Elle l'a été, en tout cas, cette fois.

Entre les vieux arbres sur lesquels s'éteignait la lumière, l'Étang-aux-Biches reprenait sa teinte sombre d'acier mat. Un vent léger s'élevait, passait sur les roseaux qui bruissaient, ridait l'eau tranquille, meurtrière de trois jeunes vies. Une grenouille coassa, d'autres lui répondirent et l'étrange concert anima pour un instant la solitude de ces lieux voués à la tristesse des tombeaux.

ISBN : 978-3-96787-406-8